파우스트 1

파우스트 1

차 례　　Faust

헌사

다시 내게로 다가오는구나, 희미한 모습들이여,
그 옛날 내 침침한 눈길이 닿았던 그 모습들,
이번만은 진정 그대들을 붙잡을 수 있을까?
내 마음이 아직도 그때의 환상에 빠져 있는 걸까?
그대들이 몰려오는구나. 아지랑이와 안개 속에서
나와 내 주변을 에워싸는 그대들이여,
좋다! 어디 원하는 대로 해봐라.
그대들의 행군을 알려주는 신비한 숨결에
젊은 시절로 돌아간 것처럼 심장이 뛰는구나.

그대들로 인해 즐거웠던 날들의 초상이 떠오르고,

내가 사랑했던 숱한 그림자가 드리우네.
반쯤 어렴풋해진 옛 전설처럼 첫사랑과 우정도
다시 떠오르고, 그때의 고통도 새로워진다.
삶이라는 복잡한 미로를 헤매며 탄식만 되풀이되겠지.
덧없는 행복에 현혹되어 아름다운 세월을 잃어버리고,
나보다 먼저 사라져간 좋은 이들의 이름을 불러본다.

내 노래를 처음으로 경청하던 혼들아,
그대들은 더 이상 그 뒷이야기를 듣지 못하는구나.
그렇게 친근했던 우리의 모임은
흔적도 없이 사라져버렸다.
아아, 처음 울리던 반향도 이렇게 흩어져버렸구나!
이제 내 노래는 낯선 이들을 울리고,
그들의 박수갈채에도 내 마음 한 편이 이리 시리구나.
일찍이 내 노래에 즐거워했을 이들이 살아 있다 해도
온 세상에 뿔뿔이 흩어져버렸구나.

고요하고 숙연한 영의 나라를
그리워하는 마음이 사무치면,
나지막한 나의 노래는 바람에 울리는
아이올로스의 하프처럼

모호한 음색이 되어 공중에 울려 퍼진다.

순간 전율이 흐르고, 눈물이 하염없이 흐른다.

굳었던 마음도 차츰 부드러워진다.

지금 내가 가진 것은 저 멀리 사라진 것처럼

아득해지고, 이미 사라져버린 것은

다시 현실로 되살아나는구나.

무대에서의 서막

(단장, 시인, 어릿광대)

단장 어려운 일이 생길 때마다
항상 도와준 거기 두 사람,
이번 우리 극단이 독일 전역에서 상연할 공연이
어떨지 얘기 좀 해보게!
나는 진심으로 많은 사람들을 즐겁게 해주고 싶네.
그게 바로 인생이고 그래서 다들 사는 거 아니겠는가?
이미 기둥도 세웠고, 판자도 둘러 세웠으니
이젠 모두가 축제가 시작되기만을 기다리고 있지.
이미 자리에 앉아 두 눈을 한껏 치켜뜨고

자신들을 깜짝 놀라게 해주기만을 기다리고 있다네.
분명 어떻게 하면 대중의 마음을 사로잡을지
알고 있다고 생각했지만
이렇게까지 당혹스러운 적은 없었단 말이지.
관객은 최고라 할 수 있는 걸작에 익숙하지 못하다고.
단, 엄청날 정도로 많은 책을 읽었을 뿐이지.
어떻게 하면 참신하고 새롭게 표현할 수 있을까?
물론 바로 한눈에 그 의미도
쏙 들어올 수 있게 하고 말이야.
무엇보다 관람객이 몰려와
객석이 모조리 매진되길 바라기 때문이네.
우리 극장에 관람객이 파도처럼 몰려와
서로 좁은 은총의 문을 향해 돌진하듯이 서로 치고,
밀려나며 네 시도 안 된 한낮부터 빵집 문 앞에서
배고픔에 빵 한 조각을 얻고자 돌진하는 사람처럼
매표소에 몰려들었으면 한다네.
표 한 장 때문에 목이 부러질 정도로
싸우듯이 절실하다면 바랄 것이 없겠어.
여러 다양한 관객층으로부터
이런 기적을 이끌어낼 수 있는 사람은
오로지 시인, 당신밖에 없지.

이보게나, 오늘 꼭 좀 그렇게 해주게나.

시인   제각각 제멋대로인 관객 얘기는 그만하세요.

그냥 쳐다만 봐도 정신이 까마득해진답니다!

제발 물결치는 군중으로부터 절 좀 구원해주세요.

우리가 바라지 않아도 우리를

그 소용돌이에 빠지게 한다고요!

아니 차라리, 절 고요한 하늘 저편으로 데려다주세요.

순수한 기쁨이 꽃피는 것을 느끼고,

사랑과 우정이라는 마음이 자라나

신의 축복이 넘치는 바로 그곳 말입니다.

아! 우리들 마음속 깊은 곳에서 솟아나

수줍은 듯 입술에서 웅얼거리듯 흘러나오던 것들이

때론 실패도 하고 때론 성공하기도 했어요.

무력이나 다름없는 저 관객의 시선 사이에서 말이에요.

여러 해가 지나서야 비로소 온전한 형태가 되었지요.

반짝반짝 빛나는 건 단순히 그 순간만을 위해

태어나지만, 진정한 건 후세에도 사라지지 않아요.

어릿광대   제발 그 후세란 말만

듣지 않았으면 좋겠어요.

나 같은 사람마저도 후세 얘기만 하면

도대체 누가 현재, 이 시점에서

관객을 즐겁게 해준단 말입니까?
사람들은 즐거움을 바라고
그들은 마땅히 즐거워야 해요!
나처럼 이렇게 착실한 젊은이가 있는 것도
분명 의미가 있다고 생각해요.
진정 관객을 즐겁게 할 줄 아는 사람이라면
대중의 말 몇 마디쯤은 대수롭지 않게 생각할 거예요.
오히려 관객이 많을수록 좋겠지요.
그들의 마음을 감동시키려면 말입니다.
그러니 시인 양반, 이제 당신 차례예요.
솔선수범해서 솜씨 좀 보여주시죠.
가능한 온갖 노래를 동원해
모두를 환상으로 이끌어주세요.
이성과 지성과 감정과 열정도 넣어서요.
잘 아시죠? 무엇보다 유머가 빠지면 안 됩니다.

단장 게다가, 무엇보다 사건이 많이 일어나야 하네!
관객은 무엇보다 연극을 보려고 극장을 찾는 거니까.
눈앞에 여러 다양한 사건이 전개되면 관객은 놀라
입도 다물지 못하고 정신을 못 차리겠지.
그렇게만 되면 당신은 대중의 사랑을 독차지하는
인기 시인이 될 거야.

우리가 성공하려면 무엇보다

양으로 밀어붙이는 수밖에 없네.

그러면 각자 그 안에서 자신이 바라는 걸 발견하겠지.

그러니까 더 많은 것을 내어놓을수록

사람들은 바라는 바를 얻고, 웃으며 집으로 갈 거야.

그러니 한 작품을 쓰더라도

여러 사건이 일어나는 작품을 내어놓게.

자네에게 그런 요리쯤은 식은 죽 먹기 아닌가.

그렇게만 하면 아마 큰 행운이 따를 거야.

물론 술술 읽혀야 하고 이해도 쉽게 되어야 한다네.

완벽한 작품을 통째로 올린다 한들

무슨 소용이 있겠는가?

어차피 관객은 그것을 갈가리 찢어놓을 텐데.

시인 단장님, 그저 끼적거리는 수준에 불과한

그런 글을 쓴다는 게 얼마나 못할 짓인지요.

그런 일을 할 수 있는 진정한 예술가는 극히 드물어요!

제가 보기엔 엉터리 시인들이 쓰는 졸작이

이미 단장님에겐 원칙인가 보군요.

단장 그렇게 비난해도 난 아무렇지도 않다네.

제대로 한번 해보려면 거기에 맞는

최고의 연장을 택해야겠지.

잘 생각해보면 자네는 그저
연한 나무를 쪼개는 일을 하는 거야.
도대체 누구를 위해 글을 쓰는 겐가?
어떤 사람은 지루해서 찾아오고,
또 어떤 이는 상에 차려진 산해진미에
배가 불러 찾아오지. 그보다 최악은 말일세.
신문을 읽다가 질려서 오는 사람이네.
아무런 생각 없이 가장무도회를 찾는 것처럼
극장을 찾는 거라네. 오로지 호기심 때문이라고.
숙녀들은 최고로 좋은 옷을 입고 나와 뽐낸다네.
돈도 안 받고 공연에 참여하는 거나 다름없지.
도대체 자네가 주장하는 고고한 시인의 고지에서
자네는 뭘 꿈꾸는가?
그러면서 극장이 미어터지도록 관객으로
가득 찬 객석을 보면 왜 즐거워하는 건가?
그 은인들을 가까이서 자세히 살펴보란 말이네!
관객의 반은 냉담하고 반은 거칠지 않은가.
이 사람들은 아마 연극이 끝나고 카드놀이를 하거나
여자의 입술을 훔칠 그런 광란의 밤만 생각할 거라네.
그런 자들에게 사랑스런 뮤즈를 고통스럽게 할 셈인가?
내 자네에게 분명히 일러두네만,

항상 많은 것을 내어놓아야 하네.

그러면 목표를 잃어버리고 당황하지 않을 것이야.

그러니 관객을 어리벙벙하게만 만들란 말이네.

본디 모든 인간을 만족시키기란 아주 어려운 일이야.

어때, 기분이 왜 그런가? 신이 나나?

아니면 괴로운 것인가?

시인   당장 딴 사람을 알아보세요!

명색이 시인이 되어서 자연이 선사한

가장 고귀한 권리인 인간적 권리마저

그렇게 경솔하게 포기하란 말이신가요?

단장님 때문에 그 권리가 송두리째 사라지겠어요.

그것도 아주 모욕적인 방식으로 말이에요.

무엇으로 관객의 마음을 두근거리게 하죠?

무엇으로 세상의 각 요소를 일깨워야 하죠?

가슴속에서 차올라 입술을 비집고 흘러나와

세계를 향해 반격하는 그 소리가

틀렸다고 말하시는 건가요?

자연이 영원토록 그 실을 물레에서 뽑아내거나,

이 세상 모든 생명 중 서로 어울리지 않는 무리들이

불협 화음을 낼 때, 언제나 똑같이 흘러가는

지루한 삶을 율동적으로 물결치게

해주는 사람이 도대체 누구냔 말입니까?

제각각인 음을 한데 모아 환상의 화음으로

이끌어내는 사람이 누구지요?

폭풍과 같은 격정으로 우리의 열정을

보여주는 사람이 누군가요?

타오르는 저녁노을에 진정한 의미를 부여하는 사람은요?

좋아하는 오솔길에 아름다운 봄꽃들을 뿌려주는 이는요?

하찮은 푸른 잎들로 영광의 화관을 선사하는 사람은요?

올림포스를 지키는 사람은 누구던가요?

모든 신들을 한데 모으는 사람은요?

그건 시인의 마음속 살아 숨 쉬는

바로, 사람의 힘이란 말입니다.

어릿광대 꼭 그런 멋진 힘이 필요한 것이라면

사랑의 모험을 하듯 그 능력으로 어서 집필해보시지요.

우연히 만나 가까워지고, 서로 끌리며,

서로 머무는 시간이 흐를수록 빠져들게 되지요.

행복은 커지지만 이내 서로 싸우게 될 겁니다.

행복에 빠져 있을 때 비로소 고통이 찾아옵니다.

눈 깜짝할 사이에 소설 하나가 완성되었어요.

자, 이렇게 작품 하나 써봅시다!

사람들의 인생 속 깊숙이 파고들어 보자고요!

모두가 삶을 살아가지만, 많은 이가 잘 깨닫지 못하죠.

그런 이야기를 담는다면 참 흥미로울 거예요.

색색의 그림을 넣어 약간 불분명하게 하고

여러 오류 속에 작은 진실의 불꽃 하나를 더하면,

세상 모두를 위로하고 교화할 수 있는

최고의 술이 빚어질 거예요.

그러면 청춘의 아름다운 꽃들이

시인님의 연극 앞에 삼삼오오 모여들어

연극을 경청할 거랍니다.

시인님의 작품에서 마음을 적시는 양분으로

행복한 기분에 취할 것입니다.

그렇게 몰입하는 순간 흥분하게 되지요.

각자 마음속에 품은 그것을 그렇게 보는 거랍니다.

그들은 그렇게 바로 울고, 웃을 준비가 되어 있어요.

젊은이들은 활기를 동경하고 가상에 즐거워하지요.

그런 과정이 모두 끝나버린 사람이라면

그 어떤 것으로도 만족시킬 수 없지만

한참 성장 중인 젊은이들이라면 항상 감사해할 거예요.

시인　내게도 그 시절을 돌려줘요.

나 역시도 자라나던 그 시절로,

노래로 가득한 샘이 끊임없이 솟아오르고,

안개가 세상으로부터 나를 감싸 안으며,

희망의 새싹이 여전히 기적을 약속하던 그 시절로요.

난 계곡마다 만발했던 수천 송이의 꽃을 꺾었죠.

가진 건 없었지만 그럼에도 충분했어요.

진실을 향한 갈망과 상상하는 즐거움이 있었으니까요.

굴레를 벗은 그때의 충동으로,

극심한 아픔이 따르는 행복으로

증오의 힘과 사랑의 기적으로 가득했던

내 젊은 시절을 돌려달란 말입니다!

어릿광대 시인님, 그 젊던 시절이 필요한 건 말이죠.

전쟁터에서 적들이 몰려오거나,

사랑하는 그녀가 당신의 목을 꼭 끌어안을 때,

빠른 경주에서 힘들게 도달한 결승점에

승리의 월계관이 손짓할 때,

격렬한 회오리 춤을 추고 먹고 마실 때나 그렇지요.

아무리 익숙한 연주라도 힘을 내서 우아함을 담고,

혼돈이 찾아와도 자신이 설정한 목표를 향해

기꺼이 헤치며 나아가는 것, 이보세요, 시인님.

그건 당신의 책임이랍니다.

그렇다고 해서 우리가 당신을 얕보지는 않아요.

흔히 사람들은 나이가 들면 어려진다고 말하지만,

우리 안에 존재하는 참된 아이를 발견하는 거지요.

단장   이만하면 충분히 말했네.

이제 행동으로 보여주게나!

그대들의 의견을 잘 가공한다면

제법 쓸 만한 것이 나올 수도 있겠지.

분위기만 따져서 무슨 도움이 되겠는가?

망설이기만 하는 사람에게 시적 분위기란 어림도 없네.

그대들이 진정한 시인이라면,

시에게 명령을 내리란 말이네.

우리에게 무엇이 필요한지 충분히 알고 있지 않나.

독한 술을 꿀컥꿀컥 들이켜고 싶네.

그러니 어서 내게 그 술을 빚어오게나!

오늘 일어나지 않는 것이라면

내일이라고 된다는 법은 없네.

따라서 하루도 놓쳐서는 안 된다네.

결심만 서면 가능하지.

기회를 잡으면 용감하게 시작하면 된다네.

한번 시작하면 놔주면 안 돼.

해야만 하니까 꼭 붙잡고 계속 이어가야 하는 거야.

그대들도 잘 알고 있겠지만,

우리 독일 연극계에서는

각자 자신의 입맛대로 시도할 수 있어.

그러니 오늘 하루를 아낄 생각은 하지 말게.

무대 배경도, 장치도 쓰란 말이네.

큰 하늘의 빛과 작은 하늘의 빛도 사용하게.

별들도 아낌없이 쓰게나.

물이고, 불이고, 암벽이고,

동물과 새도 빠져서는 안 되지.

이렇게 좁은 가설무대에서나마

온전한 작품 안으로 활보해보잔 말일세.

신중하게 생각하며 빨리 해내보자고.

천국에서 이 세상을 지나 지옥까지.

천상에서의 서곡

(주님, 천사들의 무리, 나중에 메피스토펠레스 등장. 세 천사가 걸어 나온다.)

라파엘 태양은 옛 방식으로 노래한다,

형제 별들과 내기하듯이.

이미 정해진 여정처럼 우레와 같은 걸음으로 끝맺는다.

태양의 모습을 바라보는 것만으로도

천사들의 힘이 솟고,

어느 누구도 감히 그 깊이를 잴 수 없는

숭고한 업적은 천지 창조의 첫날처럼 장엄하구나.

가브리엘   너무도 빨리, 알아챌 수도 없을 정도로 빠르게 지구의 아름다움이 지나가버린다.

천상의 빛은 어둡고, 소름끼치는 밤으로 변한다.

넓은 강에서 바다가 거품을 일며 만들어지고,

그 깊은 바닥에는 암석이 솟구치며,

암석과 바다는 휩쓸려간다.

급속도로 움직이는 천체의 영원한 운행 속으로.

미하엘 그리고 폭풍우들은 앞다투어

바다에서 육지로, 육지에서 바다로

성난 듯이 반복하며, 심오한 향력을 뻗친다.

천둥이 좁은 길에 울려 퍼지기 전

번쩍이는 섬광이 황폐하게 하는구나.

그러나 주님, 당신의 사자들은, 당신의 날들이

부드럽게 흘러가기를 찬양합니다.

셋이 다 함께 바라만 봐도 천사들은 힘을 얻습니다,

어느 누구도 주의 뜻을 헤아릴 수 없기에.

주님께서 행하시는 숭고한 업적마다

천지 창조의 첫날이나 다름없이 눈부십니다.

메피스토펠레스 오, 주님, 다시금 우리에게

가까이 오시어 우리가 어떻게 지내는지 물어보시고,

평소와 마찬가지로 저의 얼굴을 맞아주셨기에,

이 몸 다른 종들과 함께 있습니다.

부디 용서해주세요.

제가 고상한 말을 할 줄 몰라서요.

여기 있는 모든 이들이 비웃는다 해도

제가 열변을 토한다면, 주여, 분명 웃음거리만 되겠지요,

주님께서 웃음을 잃지 않으셨다면 말입니다.

주여, 당신의 아들과 세상에 대해 소인은 잘 모릅니다.

그저 고통에 몸부림치는 인간들만 보일 뿐이지요.

세상에 그 작은 신들은

예나 지금이나 그저 똑같을 뿐이니까요.

천지 창조의 첫날만큼이나 놀라운 일입지요.

인간들은 조금 더 잘 살았을지도 모릅니다.

당신이 천상의 빛을 주지 않았다면 말이지요.

인간은 천상의 빛을 이성이라 부르고,

그것으로 그 어떤 동물보다 더 동물이 된답니다.

제가 보기에는, 부디 자비를 베풀어주시기 바랍니다.

인간이 이성이라 부르는 그것은

다리가 긴 메뚜기에 지나지 않는군요.

항상 여기저기 날아다니고 또다시 날면서 뛰어다니다가

풀밭에 앉아 옛 노래나 부르지요.

풀밭에나 가만히 누워 있으면 좋으련만!

하찮은 일까지 모두 참견하려 하지요.

주님   다른 할 말은 없느냐?

어찌 항상 불평만 하러 온단 말이냐?

지상에는 그렇게도 마음에 드는 것이 없단 말인가?

메피스토펠레스   그렇습니다. 주님!

언제나처럼 지상은 정말이지 최악입니다.

인간들이 겪고 있는 고통스러운 날들을 보면

동정심이 일 정도랍니다.

얼마나 불쌍한지

괴롭히고 싶은 마음마저 사라진답니다.

주님   파우스트를 아느냐?

메피스토펠레스   그 박사 말인가요?

주님   그도 내 종복이다!

메피스토펠레스   주님의 종복이

당신을 섬기는 방식은 참으로 특이합니다요.

그 얼간이는 먹고 마시는 것도

도대체 지상의 방식으로는 만족하지 못하지요.

마음속에 부글대는 격정으로

그저 먼 곳만 바라본답니다.

그도 자신이 제정신이 아님을

어렴풋이 인지하고 있을 겁니다.

하늘에 가장 아름답게 빛나는 별을,

땅에서는 지고의 쾌락만을 요구합니다.

지상의 그 무엇도 격렬한 감동만을 바라는

그의 가슴을 전혀 만족시킬 순 없답니다.

주님 비록 지금은 혼란스럽고 난해한 방식으로

나를 섬긴다 해도 내 그를 밝은 길로 인도할 것이니라.

정원사는 알고 있지.

나무가 푸르러지면 머지않아

꽃과 열매가 곧 앞으로 찾아와

세월을 장식하리라는 것을.

메피스토펠레스 그럼, 내기하시렵니까?

분명 주님께서는 그 사람을 잃으실 겁니다!

주님께서 허락하신다면

제가 그 얼간이를 조용히 제 길로 끌어내려보지요.

주님 그가 지상에 살고 있는 동안은

그대에게 그 어떤 제약도 없을 것이도다.

인간이란 모름지기 노력하는 한 방황하기 마련이니라.

메피스토펠레스 감사합니다.

전 죽은 사람을 잡는 일이 정말 싫거든요.

통통하고 싱그러운 뺨이 최고지요.

시체가 찾아오면 저는 집에 없는 척한답니다.

무릇 고양이가 죽은 쥐를 사양하듯 말입니다.

주님   알았으니, 이제 네게 맡겨보마!

그의 정신을 그 근원에서 끌어내어 붙잡을 수 있다면,

그대가 바라는 대로 인도하라. 그대의 방식대로 말이다.

그러나 그대가 깨닫게 되는 순간

스스로 부끄러워하게 되리라.

어두운 충동에 휩싸이더라도,

선량한 사람은 결국 올바른 길을 발견하느니.

메피스토펠레스   좋습니다!

그리 오래 걸리지 않을 겁니다.

전 이런 내기가 전혀 두렵지 않습니다.

제가 목적을 달성하면 가슴이 터질 때까지

승리를 외치도록 주님은 그저 축하나 해주시지요.

그는 흙이나 처먹게 될 것입니다.

그것도 아주 즐거워하면서요.

간교하기로 유명한 제 아주머니뻘 되는 뱀처럼요.

주님   마음대로 해라.

나는 그대와 같은 존재들 역시 미워해본 적 없도다.

항상 부정만 하는 모든 영들 중 그대와 같은 악령이야

내 근심덩어리에 비하면 아주 작은 부분일 뿐이지.

인간은 뭔가 행동하다 보면 쉽게 지쳐버리기 일쑤니라,

게다가 무조건 쉬고 싶어 하지.

그래서 난 인간에게 동료를 만들어주려 한다.

악마인 그대여, 동반자로서

그를 도발하고 네 영향력을 펼쳐보라.

그러나 너희들, 신의 진정한 아들들아,

활기차고 풍성한 아름다움을 즐겨라!

영원히 작용하는 생성의 기운이

사랑이라는 다정한 울타리로 그대들을 에워싸리라.

그리고 곁에서 여기저기 두둥실 떠도는 것들을

견고한 생각으로 꼭 붙들어 매도록 하라!

(하늘이 닫히고, 대천사들이 각각 흩어진다.)

메피스토펠레스 (혼잣말로) 가끔 저 늙은이를

만나는 것도 참 좋단 말이야.

이 관계가 깨지지 않도록 조심해야지.

그 높으신 양반이 나 같은 악마와

이렇게 인간적인 대화를 나누다니 정말 멋지단 말이야.

비극
제1부

밤

(천장이 높고 비좁은 고딕식 방에 파우스트가 걱정스러운 표정으로 책상에 앉아 있다.)

파우스트　이제 어쩌란 말인가!

　　　철학, 법학과 의학, 게다가 신학까지 공부했다.

　　　그것도 매우 열정적으로. 그런데 아직도 이 모양이구나.

　　　난 참 한심한 얼간이야!

　　　예전보다 전혀 똑똑해지지 않았어.

　　　석사로 불리고, 박사로 불리며

벌써 10년간 위로, 아래로, 옆으로 사방으로
학생들의 코를 움켜쥐고 여기저기 끌고 다녔지만……
이제야 깨달은 거라곤 우리는
아무것도 알 수 없다는 사실뿐이니!
내 가슴이 바짝 타들어가는구나.
하긴 내가 박사, 석사, 시인, 성직자처럼
엉터리 같은 녀석들보다야 훨씬 똑똑하지.
내게 양심의 가책이나 의구심 따위는 없다.
지옥이나 악마도 겁나지 않으니까.
그 대신 나는 내 모든 기쁨을 빼앗겼다.
제대로 안다는 자부심도 없고,
사람을 선도하고 마음을 바꾸어놓으려고
뭔가를 가르칠 수 있다는 자신감도 없다.
더군다나 난 가진 것도 없고, 돈도 없고,
세상의 명예나 부귀영화조차도 없다.
개라도 이렇게는 더 이상 살고 싶지 않겠지!
그래서 나는 마법에 모든 걸 맡겨버렸다.
정령의 힘과 입을 통하면
몇몇 비밀을 알 수도 있지 않을까.
내가 알지도 못하는 일을 떠드느라
진땀만 흘릴 일은 없겠지.

은밀한 깊은 곳에서 세상을 구성하는 것이
무엇인지 알 수도 있지 않을까.
모든 것을 움직이는 힘과 그 핵심을
들여다볼 수 있지 않을까.
할 말을 찾아 헤매는 일도 없을 것이다.

오, 보이는가, 밝은 달빛이여,
이런 나의 고통이 이번이 마지막이라면 좋으련만.
숱한 밤을 이 책상에서 잠 못 이룬 이 고통 말일세.
애처로운 나의 친구야,
그러면 넌 내게 책과 종이 위로
네 모습을 드러내곤 했지!
아! 높은 산꼭대기에 올라
너의 사랑스러운 빛 속을 거닐고 싶다.
산속 동굴 주변으로 정령들과 떠돌고,
네 희미한 빛을 받으며 초원을 배회하고 싶다.
이 자욱한 학문의 연기에서 벗어날 수만 있다면
네 이슬로 건강해질 때까지 목욕하고 싶구나!

젠장! 아직도 이런 감옥에 있어야 한단 말인가?
이 지긋지긋하고 답답하기 그지없는 깜깜한 방,

다정한 햇빛조차 이 채색한 유리창에 막혀
희미해지는 이곳에!
산더미 같은 책 속에 파묻혀
벌레 먹은 데다 먼지투성이인 채로
천장 높이 쌓여진 이 책 더미에서
불에 그슬린 종이들이 여기저기 꽂혀 있고,
유리잔과 상자들이 주변으로 굴러다니며,
온갖 도구들도 여기저기 널려 있고
조상들이 쓰던 가재도구들로 가득하다……
이곳이 바로 너의 세상이지! 이런 것이 세상이라니!

그러고도 묻는단 말인가,
네 가슴이 왜 이리 답답하고 걱정이 되는지?
왜 이리 설명할 수 없는 고통이
네 삶을 먹먹하게 하는지?
신이 생기 넘치는 자연 속에 살라고
인간을 창조하셨거늘,
연기와 곰팡이만으로 뒤덮인 이곳에
동물 뼈와 해골에 둘러싸여 있구나.

도망가라! 저 넓은 땅으로 나가라!

노스트라다무스가 직접 쓴 이 신비한 책만 있다면
그 길잡이로 충분하지 않겠는가?
그러면 별의 움직임도 알게 되고,
자연의 가르침으로
네 정신의 힘이 드높아져 깨닫게 될 것이다.
정령과 다른 정령 사이의 대화를.
그렇지 않고서 이곳에서
성스러운 기호를 아무리 설명해도 알 수 없다.
내 곁을 맴도는 정령들아,
내 목소리가 들린다면 대답해다오!

(책을 펼쳐 대우주의 부호를 들여다본다.)

이야! 보기만 해도 그 즉시
내 온몸의 모든 감각마다 기쁨이 넘쳐흐르는군!
마치 젊어진 듯하고 성스러운 삶의 행운이
내 안의 온 신경과 혈관으로 흐르는 것 같아.
이 기호들을 신이 썼을까?
날뛰던 광기가 진정되고
이 불쌍한 마음에 기쁨이 가득 차오르는구나.
신비한 힘이 작용하여 나를 에워싼 자연의 힘이

그 모습을 드러내는 것인가?

내가 신이 된 걸까?

환한 빛이 나를 따른다!

이 순수한 모습을 들여다보니.

내 혼 앞에 놓여 있는 자연의 섭리가 보인다.

이제야 그 현인의 말뜻을 깨닫는구나.

"정령의 세계는 닫혀 있지 않다.

네 감각이 닫혀 있고, 네 마음이 죽은 것이다!

일어나라, 학생들이여!

지상에 젖은 가슴을 아침노을에 적셔라!"

(부호를 들여다본다.)

각각의 것이 모여 완전한 하나가 되듯이,

타인들 사이에서 서로 영향을 주고 살아간다!

하늘의 힘이 오르고 내리는 것처럼

황금 두레박을 주고받는구나!

움직일 때마다 축복의 향기를 가득 품은 채

하늘에서 땅으로 내려오며

천체 전역에서 조화롭게 울려 퍼지리라!

참으로 장관이로군! 그러나 아아!

하지만 꿈에서나 일어날 법한 일이 아닌가!

무한한 자연이여,

어디에서 그대를 움켜쥘 수 있단 말인가?

어디에서 그대의 가슴을?

모든 삶의 원천이여, 하늘과 땅이 속해 있고

메마른 가슴은 그대를 갈망하니

그대들의 젖이 솟아, 목을 적시는데,

어찌 나는 여전히 헛되이 갈증에 이리 애태운단 말인가?

(언짢은 표정으로 페이지를 넘기다가 지령의 부호를 발견하고 그것을 주시한다.)

이 부호는 느낌이 색다르구나!

너, 대지의 정령이여, 넌 나와 더 가깝구나.

벌써 내 힘이 솟아오른다.

새 포도주를 마신 것처럼 뜨겁게 달아오른다.

과감히 세상을 향해 대지의 아픔과 행복을 짊어지고서

폭풍과 맞서 싸우며 배가 부서져 침몰해도

겁먹지 않을 용기가 샘솟는다.

하늘에 구름이 가득 몰려오고……

달은 빛과 자취를 감추고…… 등불이 꺼진다!

주위에 안개가 피어오르고……

붉은 빛이 내 머리 주변에서 요동치고……

천장에서 돌풍이 몰아쳐 나를 덮치는구나!

내 주변을 맴도는 너를 느낀다.

내 간절히 바라는 정령아.

이제 네 모습을 드러내라!

아아! 내 이런 진심 때문일까.

미처 느끼지 못했던 새로운 감정들로

내 몸속의 온 감각이 끓어오른다!

나는 느낀다.

내 마음이 온통 네게로 향했구나.

너여야 한다! 너여야만 해!

내 삶을 그 대가로 치러야 한다고 해도!

(그는 책을 움켜쥐고 은밀하게 정령의 주문을 읊조린다. 붉은 섬광이
일어나더니 불꽃 속에서 지령이 나타난다.)

지령   누가 나를 불렀는가?

파우스트   (등 돌리며) 모습이 끔찍하군!

지령   네가 나를 강력히 끌어당겨,

내 세계에서 이곳으로 빨려들어 왔건만,

이제 와서…….

파우스트 정말 유감스럽게도!

도무지 참을 수가 없군!

지령 내 목소리를 듣고, 내 얼굴을 보고자

숨을 헐떡이며 그리 간절히도

나를 보기를 간청하지 않았던가.

그렇게나 강력한 네 영혼의 간청 때문에 내 이리 왔건만!

그런데 초인이라는 자가

어찌 이리 가련하게도 공포에 떨다니!

네 영혼의 외침은 어디로 간 것인가?

그 마음은 어디로 간 것인가?

제 안에 또 하나의 세계를 창조하여

기쁨에 떨며 한껏 부풀어 올라

우리 정령들과 함께하겠다고 설쳐대더니.

그리 간곡히 나를 찾아 헤매던 파우스트,

당신은 어디 있는가?

내 숨결만으로 두려워하며 온몸을 벌벌 떠는

하찮은 벌레가 바로 너란 말인가?

파우스트 내가 불꽃의 형상인 너를 피하겠는가?

내가 바로 파우스트다.

너와 전혀 다를 바 없는.

지령 나는 인생이란 큰 물결을 타고

행동이란 폭풍우에 휩쓸리며,

위아래로 일렁이고 이리저리로 몰아친다!

요람에서 무덤, 영원한 바다,

변화무쌍한 고통, 불타오르는 인생,

이렇게 나는 돌아가는 시간의 베틀에서

신의 살아 있는 옷을 짓는다.

파우스트 이 넓은 세상을 이리저리 방랑하며,

분주한 정령이여, 네가 나와 참 가깝게 느껴지는구나!

지령 네가 알고 있는 정령과 나를 비교하는 것인가? 난 아니다!

(사라진다.)

파우스트 (털썩 주저앉으며) 네가 아니면?

도대체 누구란 말인가?

난 신을 꼭 빼닮았단 말이다!

그런데도 너하고는 닮지 않았다 하다니!

(노크 소리가 들린다.)

아아, 죽을 맛이군! 누구겠어. 분명 내 조교겠지.

이제 이 행복의 빛은 여기서 끝이로군!

보기 싫은 저 얼굴의 따분한 위선자 때문에

이리 충만한 이 시간을 방해받아야 한다니!

(잠옷 차림에 잠자리용 모자를 쓴 바그너가 등불을 손에 들고 나타난다.
파우스트가 마지못해 돌아본다.)

바그너 죄송합니다!

선생님께서 책 읽으시는 소리가 들렸어요.

분명 희랍 비극을 읽고 계신 것 같던데요.

그렇다면 저도 그 덕 좀 보고 싶네요.

요즘엔 낭송이 꽤 인기잖아요.

종종 사람들이 칭송하는 소리를 듣는답니다.

성직자도 배우한테 배워야 한다면서요.

파우스트 그래, 성직자가 연극배우가 될 거라면

그럴 수도 있지. 가끔은 그런 일이 있을 수 있으니까.

바그너 아아, 밤낮 서재에만 갇혀서,

축제나 되어야 세상 구경을 하시니,

그것도 저 멀리에서 망원경으로만 말입니다.

그래서 세상을 어떻게 설득하고 인도하시겠어요?

파우스트 마음으로 느끼지 못하면

세상을 사로잡을 수 없다네.

영혼에서 우러나오는 힘과 강력한 유쾌함이 아니라면

청중의 마음을 사로잡지 못한다네.

그런데 자네는 그렇게 자리에 죽치고 앉아서

적당히 앞뒤를 붙이기나 하고,

다른 잔치에서 남은 찌꺼기로 잡탕이나 만들어내지!

잿더미를 뒤적거려 꺼져가는 불씨를 살려

초라한 불을 피워낼 뿐이란 말일세!

어린애들이나 원숭이들이야 감탄하겠지.

그 후에도 그렇게 자네의 입을 벌리려 한다면 말이지.

하지만 진정 마음에서 우러나온 것이 아니라면

절대로 다른 이들의 마음을 얻지 못한다네.

바그너 그러나 강연술만이 연사를 행복하게 하지요.

제가 한참 멀었다는 건 저도 분명히 느끼고 있어요.

파우스트 성실하게 성공의 길을 좇아가게나.

그저 소리만 요란한 바보가 되지는 말게!

이성이 있고 올바른 감각이 있다면

기교가 조금 부족해도 잘해낼 걸세!

게다가 진심을 다해 뭔가 말하려 한다면

굳이 할 말을 찾아 헤맬 필요가 있겠는가?

그래, 커틀릿을 기름에 지지듯이

겉만 번지르르한 연설문이란

그저 가을의 마른 잎들을 스치는

안개 바람처럼 생기라고는 조금도 없어!

바그너 세상에나!

예술은 길고 짧은 건 우리 인생이지요.

전 말이죠, 비평을 하려고 하면

머리와 가슴이 답답해집니다.

원전을 파는 데 쓰는 그 도구를

물려받기가 정말 어렵습니다!

그 길을 절반도 가기 전에

아마 불쌍한 악마가 소멸해버릴 지경입니다.

파우스트 양피지가 성스러운 샘물이란 말인가?

한 모금 마시기만 해도

영원히 갈증이 가시는 성스러운 샘물 말이다.

그래 봤자 절대 위안을 얻지 못할 걸세.

자네 영혼에서 샘물이 샘솟지 않는다면 말이야.

바그너 죄송한 말이지만,

그래도 저한테는 큰 기쁨이랍니다.

그 시대의 정신으로 되돌아가

옛날 현자들이 어떤 생각을 하고

그것이 지금까지 어떻게 전해지고 있는지

살펴보는 일 말입니다.

파우스트　그렇지,

하늘의 별에 닿을 때까지 발전해 내려왔지!

이보게, 흘러간 과거의 시간은

우리에게 일곱 봉인이 찍힌 책 같은 것이라네.

시대의 정신이라 불리는 것도 근본적으로

그 시대를 지배하는 작가들 자신의 정신인 거지.

거기에 그 시대를 그렇게 반영한 것이고.

그건 말이지 진정 애석한 경우가 수도 없다네!

처음 보는 순간 사람들은 도망치지.

그저 쓰레기통, 헛간일 뿐이야.

기껏해야 꼭두각시 입에서 흘러나오면 어울리는

그럴싸한 실용적인 원칙으로만 가득한

시끌벅적한 역사극, 정치극일 뿐일세!

바그너　이 세상에 대해서라든지,

인간의 마음과 정신 등 그런 것에 대해

누구나 알고 싶어 한답니다!

파우스트　그렇다면 형식이 어찌 됐든

뭐 그리 중요하단 말인가!

누가 그것을 곧이곧대로 부른단 말인가?

그 이치를 깨달은 얼마 안 되는 몇몇 이들은,

어리석게도 자신의 마음을 온전히 감추지 못하고,

천한 무리에게 자신의 감정, 직관을 드러내다

십자가에 못 박혀 죽거나 화형을 당했다네.

그리고 내 부탁하건대 이보게,

지금은 한밤중이라네, 이쯤해서 그만하지.

바그너 이렇게 선생님과

깨달음을 얻을 수 있는 대화를 할 수만 있다면

저야 항상 깨어 있고 싶습니다.

내일, 부활절 첫째 날인 아침이 오면

다른 질문을 하도록 허락해주세요.

학문 연구에 열정적으로 매진하고 있거든요.

이미 많은 것을 알고 있지만

여전히 궁금한 것투성이예요.

(퇴장)

파우스트 (혼자서) 저 머리에서는

희망의 끈을 놓을 줄 모르는군.

의미도 없는 김빠진 것에 집착하고 있어.

탐욕으로 가득 차 보물을 파내다가

지렁이를 발견하고는 기뻐하는 꼴이라니!

정령들의 기운이 나를 둘러싼 이곳에서

저런 사람의 목소리를 들어야겠냔 말이야!

비록 세상 사람들 중에 가장 불쌍한 사람인 자네이지만,
이번만큼은 내 자네에게 감사해야겠어.
자네 때문에 좀 전의 좌절에서 벗어났지 뭔가.
정말 정신이 무너질 뻔했어.
오, 그 거대한 모습 앞에서
진정 내 자신이 난쟁이처럼 느껴졌다.

신을 닮은 내 모습은
영원한 진리의 거울에 비추는 것이나
거의 다름없다고 생각했고,
하늘의 빛과 밝은 분위기에 취해
사람의 모습을 벗어버리고,
내 감히 케루빔보다 한 수 위라 생각하며,
내 자유로운 힘이 자연의 핏줄 속으로 흘러
신들처럼 창조의 기쁨을 누릴 것이라고
이렇게 착각하다니 말이야!
천둥을 맞은 것 같군.

내 감히 너와 같다고 생각하는 실수는
하면 안 되는 것이었어.
너를 불러들일 힘은 있었어도

떠나는 너를 막을 힘은 없었던 거지.
그 축복으로 가득한 순간에
난 내 자신이 초라하면서도 위대하게 느껴졌다.
넌 나를 잔인하게 쳐버렸다.
불확실한 인간의 운명 속으로 말이야.
누가 나를 가르쳐주지? 뭘 조심해야 하지?
그 충동에 이렇게 순응해야만 할까?
아! 우리의 행동이 우리가 겪는 고통뿐만 아니라
우리 삶의 항로를 방해하는구나.

정신을 기쁘게 하던 가장 눈부신 것에도
점점 낯설고 낯선 것들이 밀려들어 온다.
우리가 이 세상의 선한 것에 도달하는 순간
더 선한 것이 나타나 그것을 착각과 망상이라 부르고,
우리에게 삶을 허락한 장엄한 감정들은
혼잡한 세상살이에서 마비되어 사라지는구나.

환상이 영원을 향해 대담하게 희망찬 날갯짓을 하지만
행복이 시간의 소용돌이에 휘말려 좌초하기 시작하면,
작은 공간에도 만족한다.
근심은 마음 깊숙한 곳에 둥지를 틀고

그곳에서 남모를 고통을 만들며
근심으로 마음을 흔들고 기쁨과 평온을 방해한다.
근심은 항상 새로운 가면을 쓰고
집, 가정, 처자식의 모습으로도 나타나며,
불, 물, 칼, 독약의 모습으로 우리를 전율케 한다.
그러면 인간은 일어나지 않는 일을 걱정하고
그리고 아직 잃어버리지도 않은 것을
안타까워하며 슬퍼한다.
내가 신들에 비해 보잘것없다는 그 사실이!
이리 가슴 깊숙이 사무치다니!
쓰레기 더미를 기어 다니는 벌레나 다름없는 것을.
쓰레기 속에서 먼지를 먹고 살다가
방랑자에게 밟혀 죽어 어딘가에 파묻힌
벌레 같은 존재이거늘.

칸칸이 수백의 선반으로 이루어진 이 높은 벽도
모두 쓰레기로 채워져 있지 않던가?
이 좀벌레의 세계에서 나를 짓누르는
어디에도 쓸모없는 이 고물 덩어리들도
쓰레기가 아니던가?
내게 부족한 그것을 이곳에서 찾아야 한단 말인가?

아니면 수천 권의 책을 읽으란 말인가……?

기껏해야 사람들이 고뇌하거나

때로는 행복한 사람도 있었다는 것만 알 뿐이다.

날 보며 왜 그렇게 히죽대는 거야,

이 속빈 해골바가지야?

혹 내가 그랬던 것처럼 네 머리도 혼란스러워져

밝은 낮을 찾아 날이 어두워지면 고통스러워하고,

진리를 찾겠다는 갈증에 정신이 없는 것처럼 말이다.

그래, 바퀴와 톱니, 원통의 손잡이 달린

너희 기구들까지 나를 조롱하는구나.

내가 문 앞에 서 있을 때 너희가 열쇠가 되어야 한다.

너희들의 정교한 걸림쇠는 빗장도 열지 못하는구나.

햇살 가득한 대낮에도 신비를 간직한 채

자연은 베일을 벗지 않는구나.

우리의 정신 앞에 자연이 주려하지 않는 그것을.

지레와 나사로 강요해도 소용없다.

낡은 도구야, 이제 내겐 더 이상 네가 필요없구나.

그저 내 아버지에게 네가 필요했기에 여기 있을 뿐이다.

낡은 양피지 두루마리 녀석아, 흐릿한 등잔불이

이 책상에서 짙은 연기를 내뿜는 동안은

너 또한 이곳에서 계속 연기에 그을리겠지.

그냥 얼마 되지 않은 이것들을

모조리 팔아버렸으면 좋았을 것을!

이것들 때문에 이리 고통받고 땀만 흘리느니!

조상들에게서 물려받은 것은 제대로 사용해야

진정으로 소유할 수 있으니,

쓸모없는 물건은 무거운 짐일 뿐이고,

오로지 그 순간 눈앞에서 얻은 것만이 유익하다.

그런데 왜 내 눈길이 저기로만 향하는가?

저기 있는 저 작은 병이

내 눈을 끌어당기는 자석이라도 된단 말인가?

왜 이렇게 사랑스러울 정도로

밝게 느껴진단 말이냐?

캄캄한 밤 들녘 위로 비추는 달빛처럼.

마지막 남은 플라스크여, 반갑구나!

경건한 믿음으로 너를 꺼내 든다.

네 안에 깃든 인간의 지혜와 예술을 숭배한다.

행복을 주며 고이 잠들게 하는 액체의 진수인 너,

죽음으로 이끄는 섬세한 모든 힘들의 정수여,

네 주인에게 부디 은혜를 베풀어라!

너를 보는 것만으로도 고통이 줄어들고,

너를 만지는 것만으로 욕망이 가시는구나.

정신의 충만한 물결이
썰물처럼 서서히 빠져나간다.
나 드높은 파도가 치는 바다로 떠내려가니
내 발밑에 물살이 거울처럼 반짝인다.
새 바닷가로 오라고 새날이 날 유혹하는구나.

불의 수레가 두둥실 떠다니며
새털같이 가벼운 움직임으로 내게로 다가온다!
난 새로운 길을 따라 창공을 뚫고
달려갈 준비가 되어 있다.
순수한 활동의 신천지를 향해.
드높은 삶과 천상의 환희여!
아직 벌레에 지나지 않은 내가
과연 그것을 누려도 된단 말인가?
그래, 밝게 빛나는 저 태양을 단호히 등져라!
모두들 두려움에 살금살금 피해가는 문을
과감하게 열어젖혀라!
이제 행동으로 증명할 때가 왔다.
인간의 위엄도 신의 그것과 다르지 않거늘
스스로를 고통으로 몰아넣는 무서운 환상에서 비롯된
어두운 동굴 앞에서 두려움에 떨지 않는다는 것을.

비좁은 입구에 이글대는 지옥의 화염이 불타올라도

그 통로를 뚫고 나가리라.

들어갈수록 뜨거워지는 그곳으로

발걸음을 내딛을 것이다.

내 비록 무(無)로 사라질 위험이 있다 해도.

자, 이제 이리 오너라, 순수한 수정잔이여!

내 오랜 세월 잊고 있었던 네 낡은 케이스에서 나와라!

너는 가문의 잔치 때마다 빛을 발하며,

손님들 사이를 옮겨 다니며

점잖은 손님들의 기분을 흥겹게 했다.

화려하게 그려진 예술적인 무늬들은

술꾼들이 운을 맞춰 시를 짓게 하고

단숨에 네 안에 든 술을 비우게 했다.

나로 하여금 내 젊은 날의 밤들을 떠오르게 하는구나.

내 이제 너를 내 옆 사람에게 건네려는 것도 아니고

네 그림을 보며 내 기지를 보이려는 것도 아니다.

여기 금방 취하게 만드는 액체가 있다.

이 갈색 액체가 너의 빈 잔을 채울 것이다.

내가 만들고, 내가 직접 고른 이 즙은

이제 내 온 영혼을 다한 마지막 잔이 되리라.

축제의 날 성스러운 인사처럼, 아침 햇살에 바치노라!

(술잔을 들이켠다. 종소리 울리고 합창단이 노래한다.)

천사들의 합창　　그리스도께서 부활하셨네!
파멸의 길만을 앞둔
하찮은 존재이자
곤궁으로 죽을 수밖에 없는
인간들아 기뻐하라.

파우스트　　어디서 흘러나오는 이런 심오한 울림과
밝은 소리가 내 입술에서 잔을 쳐내는가?
둔중한 종소리가 벌써 부활절 축제의
첫 예배 시간을 알리는 것인가?
천사들의 입술에서 흘러나와 밤의 무덤가로 울려 퍼졌던
그 위로의 노래를 합창단이 벌써 부르는가?
새로운 약속을 알리는 그 노래를.

여인들의 합창　　향유로 주님의 몸을
씻겨드렸네.
충실한 우리들은

그분을 눕혀드렸네.
천과 끈으로
정갈하게 묶어드렸네.
아아! 그리스도께서는
더 이상 이곳에
계시지 않는다네.

천사들의 합창　그리스도께서 부활하셨다!
복되어라, 사랑을 베푸는 자.
슬픔과 치유
그리고 시험을
모두 이겨냈도다.

파우스트　천상의 소리여,
너희는 힘차고 부드러운 목소리로
먼지구덩이의 나에게 무엇을 바라는 것인가?
선한 사람들이 있는 저편에서 울려 퍼져라.
전하고자 하는 복음은 분명 내게 들리지만
내게는 믿음이 부족하다.
기적이란 믿음이 가장 아끼고
사랑하는 자식이 아니더냐.

천상의 소식이 들려오는 그곳으로

나 진정 가고 싶지 않구나.

그래도 어린 시절부터 익숙해진 소리여서인지

나를 다시 삶으로 돌아오라 불러들이는구나.

예전에 고요하고 엄숙한 안식일이면

천상의 사랑이 담긴 입맞춤이 내게 쏟아졌지.

그때 울려 퍼지던 종소리에 가슴이 두근거렸어.

즐거운 마음으로 기도를 하곤 했다.

알 수 없는 그리움에 사로잡혀 숲과 들을 돌아다녔다.

뜨거운 눈물이 빗물처럼 흘러내리며

새로운 세계가 탄생하는 것을 느꼈지.

이 노랫소리에 젊은 시절 즐거웠던 놀이를 시작했고,

봄의 축제의 자유로운 행복을 누렸다.

이제 추억이 되어버린 어린 시절의 감정이

최후를 향한 내 발걸음을

뒤로 물러서라 잡아당기는구나.

오, 계속 울려 퍼져라, 너희 달콤한 천상의 노래여!

눈물이 흐르고, 세상이 나를 다시 품에 안았도다!

사도들의 합창 땅에 묻혔던 그분께서

하늘로 다시 오르셨네.

다시 살아나서
빛과 함께 오르셨으니
생성의 즐거움 누리시며
창조의 기쁨으로 다가섰네.
아아! 우리는 이 지상의 품에서
고통만 겪는구나.
주님은 당신의 제자인 우리를
이곳에 홀로 남겨두셨네.
아! 주님, 당신의 행복에
슬피 눈물을 흘립니다!
천사들의 합창
그리스도께서 부활하셨다.
사멸의 품으로부터.
너희도 즐거운 마음으로
굴레를 벗어던지라!
행동으로 그분을 찬양하고,
사랑을 실천하고,
형제와 함께 음식을 나누고,
복음을 전달하러 다니며
기쁨을 주기로 약속한 너희들
가까이에 주님이 계신다.

주님께서 그대들과 함께하시도다!

성문 앞

(산책을 나온 각양각색의 사람들이 성 밖으로 나간다.)

견습공 무리들　왜 저리로 가는 거지?

다른 견습공들　우리는 산지기 막사로 가고 있어.

견습공 무리들　하지만 우리는 물레방앗간 쪽으로

　　　　가고 싶은걸.

견습공1　나는 물가로 가는 것을 추천한다네.

견습공2　하지만 그리로 가는 길은

　　　　전혀 아름답지 않아.

두 번째 무리들　넌 어쩔래?

견습공3　난 저 친구들이 가는 대로 가겠네.

견습공4　성채 마을로 가자고. 분명 그곳에는

　　　　아리따운 아가씨들과 맛 좋은 맥주가 있을걸.

　　　　그리고 분명 신나는 특별한 것도 있을 거라고.

견습공5　자넨 참으로 별난 사람일세.

　　　　망신을 세 번이나 당해야겠나?

나는 그리 가지 않겠네. 생각만 해도 끔찍해.

하녀 싫어, 정말 싫다고!

난 시내로 다시 돌아갈 거야.

다른 하녀 포플러 나무 근처로 가면

분명 그가 있을 거야.

하녀 그게 나한테 무슨 소용이야!

그는 네 곁에만 꼭 붙어서

무도회장에서 너하고만 춤출 텐데.

넌 즐겁겠지만 난 어떻게 하란 말이니!

다른 하녀 오늘은 분명 혼자 나오지 않을 거야.

그 곱슬머리 남자, 그 사람이랑 같이 온다고 했어.

그가 말이야.

대학생1 와우! 저기 걸어가는 저 멋진 처녀들 좀 봐!

형제여, 이리 오라고!

우리가 저 여인들을 에스코트해야 하지 않겠어.

독한 맥주 한 잔, 쌉쌀한 담배, 그리고 잘빠진 하녀,

아주 내 구미에 딱 맞지.

양갓집 규수 저기 멋진 저 남자들 좀 봐!

정말 굴욕이 아닐 수 없어.

이렇게 괜찮은 여자들은 두고

저런 하녀들 꽁무니나 쫓아다니는 꼴이라니!

대학생2　(대학생1에게) 급할 거 없어!

저기 뒤에서 오는 저 아가씨 둘을 좀 보라고.

옷도 멋지게 차려입고 말이야.

그중 한 아가씨는 내 이웃이야.

그 여자한테 푹 빠졌지 뭔가.

걸음걸이도 조신하잖아.

하지만 결국엔 우리와 함께하게 될 거야.

대학생1　봐, 친구, 그건 아니지!

난 성가시게 망설이고 싶지 않아! 어서 서두르자고!

사냥감을 놓치면 안 되잖나.

토요일에 빗자루를 잡았던 저 손이

일요일에는 사랑스럽게 자넬 애무할 거야.

시민1　정말이지 새로 부임한 시장이

하나도 마음에 안 들어!

시장이 되더니 이제는 날로 뻔뻔해진다니까.

도대체 이 시를 위해서 뭘 했느냔 말이야?

날이 갈수록 모든 것이 나빠지고 있지 않나?

그 어느 때보다도 복종만 바라면서

세금은 갈수록 더 높아지고 있다고.

거지　(노래한다.)

저기요, 훌륭한 선생님들.

저기요, 아름다운 숙녀님들.

옷도 잘 입으셨고 혈색도 좋으시니

잠시 멈춰 서서 제 모습을 좀 보시고

부디 제 곤경을 헤아려 좀 도와주소!

제 구걸이 헛되지 않게 해주소!

베푸는 사람만이 진정 행복하답니다.

모든 사람들이 즐기는 이 날이

저에게도 수확이 풍성한 날이

되게 해주세요.

시민2 일요일이나 공휴일이면 전쟁이나

전쟁의 공포에 대한 애기보다 더 즐거운 건 없죠.

저 멀리 뒤에서 터키가 서로 격렬히 싸우고 있는데,

나는 창가에 서서 한잔 들이켜며

색색의 배들이 오가는 강가를 바라보다

저녁이 되면 기분 좋게 집으로 돌아와

평화와 태평시대를 만끽하면 그만입니다.

시민3 그래요. 이웃 양반! 나도 그렇게 생각해요.

그들이야 서로 머리통을 부수고

모든 것을 엉망진창으로 만들든,

우리 집만 무사하면 그만이지.

노파 (양갓집 규수에게) 아이고, 곱기도 해라!

젊고 예쁜 아가씨들아!

아가씨들 보고 반하지 않을 사람이 없겠군.

그렇지만 너무 도도한 자세는 안 좋아!

그래 지금이 딱 좋아!

아가씨들이 원하는 것이라면 내가 얼마든지 구해주지.

양갓집 규수1 아가테, 빨리 가자! 조심해야 해.

저런 마녀와 눈에 띄는 곳에서 거래해서는 안 돼.

그렇지만 저 할멈이 성 안드레아스의 밤에

내 미래의 연인 모습을 보여줬어.

양갓집 규수2 나한테도 그의 모습을

수정구슬로 보여줬다니까.

군인 같았는데, 여러 용감한 병사들을 거느렸지 뭐야.

내 주변을 둘러보며 그와 같은 사람을 찾아봤지만

아직 내 앞에 나타나지 않았어.

병사들 높은 성벽과

망루를 갖춘 성을,

자존심이 하늘을 찌르는

여인을 얻고 싶다!

담대하게 돌진하라!

우리의 전리품은

눈부실지니!

나팔 소리에 전율하며

기쁨을 향해서든

슬픔을 향해서든 돌격하라!

이것이 인생이다!

아가씨와 성이

우리를 기다리고

있을 것이니,

담대하게 돌격하라,

전리품은 눈부시리라!

그리고 병사들은

길을 떠난다.

(파우스트와 바그너가 등장한다.)

파우스트 봄날의 다정하고 생명력 넘치는 눈길에

얼었던 강물도 냇물도 녹았군.

골짜기에는 희망의 행복이 푸르러가고

늙은 겨울은 그 힘을 잃어가며

험준한 산으로 물러나고 있네.

그곳에서부터 겨울은 도망치듯 싸락눈만을 뿌려대며

푸르러가는 들판에 줄을 그을 뿐이다.

하지만 태양은 그 어떤 흰 것을 참아내지 못하고
곳곳에서 새로운 것이 만들어진다.
태양은 색색으로 세상 만물에 활기를 준다.
그러나 이 지역에 꽃이 보이지 않는 대신
매력적으로 차려입은 사람들이 그 역할을 하는구나.
이보게, 고개를 들어 높은 이 언덕에서
시내를 한번 바라보게나.
텅 빈 어두컴컴한 성문의 아가리로부터
형형색색의 인파가 몰려나오지 않는가.
오늘 같은 날엔 모두 다 햇살을 만끽하고 싶어하지.
사람들은 주님의 부활을 축하한다네.
그럼으로써 이들 또한 다시 부활했기 때문이지.
초라한 집의 비좁은 방에서 벗어나
일과 생업의 굴레에서 벗어나
박공과 지붕의 압박으로부터 벗어나
숨이 막히는 비좁은 거리로부터 벗어나
교회의 장엄한 어둠에서 벗어나
모두가 햇빛을 찾아 나왔다.
저기를 좀 보게!
저 많은 무리들이 순식간에
정원과 들판 사이로 흩어지는 저 모습을.

이리저리 오가는 몇몇 놀잇배의 움직임에
출렁이는 저 강처럼, 침몰할 정도로
사람을 가득 실은 마지막 배가 멀어져간다.
저 멀리 좁은 산속 오솔길만이
알록달록한 옷을 입고 반짝이는구나.
마을의 시끌벅적한 소리가 들려오니,
이곳이야말로 민중의 진정한 천국이로다.
아이 어른 할 것 없이 누구나 만족감에 취해
크게 그리고 작게 두 손 번쩍 들며 외친다.
여기서 난 참된 인간이다. 여기서는 인간이 된다!
바그너박사님, 이렇게 박사님을 모시고
산책을 하다니, 정말 영광이 아닐 수 없어요.
그리고 얻는 것도 많고요.
게다가 이런 곳이라면
전 혼자서 헤매고 다닐 생각이 전혀 없습니다.
특히 조잡한 것이라면 저와 상극이거든요.
깽깽이 소리, 아우성대는 사람들 소리,
볼링 치는 소리, 전 이 소리들이 정말 듣기 싫습니다요.
악한 영에 씌운 듯 소란만 피우지요.

(보리수 숲속의 농부들 춤추고 노래한다.)

농부들 한 양치기, 춤추러 가려고
한껏 멋을 부린다네.
색색의 저고리에 허리띠
그리고 꽃 장식까지.
게다가 멋진 장신구도 했지.
이미 보리수 주변은
인파로 가득하다네.
모두가 미친 듯이 춤을 추지.
에헤야, 좋다! 지화자 좋아!
에헤야, 좋다! 지화자 좋아!
그저 깽깽이 활이
우리를 이끄는 대로.
이쯤 되니 우리 양치기,
급한 마음에 서두르네.
그때 어느 한 소녀와 부딪혔지.
그것도 팔꿈치로 말이야.
쾌활한 그 소녀
그를 돌아보며 말하길
무례한 짓은 하지 마요!
에헤야, 좋다. 지화자 좋아.
에헤야, 좋다. 지화자 좋아.

난 무례한 사람은 싫어요!

하지만 둘은 곧 춤추러 간다네.

좌로 돌고, 우로 돌며 춤췄지.

치마를 펄럭이며.

얼굴은 붉게 달아오르고

열기로 가득하다네.

팔짱을 낀 채 가쁘게

한숨 돌리며 휴식하네.

에헤야, 좋다. 지화자 좋아.

에헤야, 좋다. 지화자 좋아.

은근슬쩍 엉덩이에

팔꿈치를 대고서.

너무 정다운 척 마요!

자기 신부를 속이고

기만하는 사람들이

얼마나 많은가요!

그러나 양치기는 그때부터

그녀에게 은근슬쩍 유혹하고.

보리수나무 아래서

노랫소리 울려 퍼지네.

에헤야, 좋다. 지화자 좋아.

에헤야, 좋다. 지화자 좋아.

시끌벅적한 사람들

환호성과 깽깽이 소리가.

늙은 농부   고명하신 박사님,

오늘 소인들의 청을 물리치지 않으시고

이렇게 복잡한 곳을 방문해주시니 정말 반갑습니다.

자, 그러니 가장 아름다운 잔을 받으십시오.

소인들이 신선한 술로 가득 채워놨습니다요.

이제 이 술잔을 올리며 기원합니다.

비단 박사님의 목마름뿐만 아니라

그 안에 든 술의 방울 수만큼이나

앞으로 하실 날들에 축복이 깃들기를 바랍니다.

파우스트   내 마음을 기쁘게 해주는 이 술을 들면서,

나 역시 여러분의 행복을 빌겠습니다.

그리고 감사합니다.

(사람들이 모여들고 주변을 에워싼다.)

늙은 농부   오늘처럼 이렇게 즐거운 날

함께해주시니 거듭 감사드립니다.

박사님께서는 저희가 힘들었을 때도 도와주셨지요!

박사님의 아버님께서는 전염병으로

뜨거운 고열이 이곳을 삼키던 그 시절부터

저희를 돌봐주셨지요.

그 전염병에서 살아남은 사람도

이 자리에 적지 않답니다.

그때 박사님께서는 젊은 청년이셨고,

여러 병원을 전전하시며 도와주셨죠.

수많은 이들이 시체가 되어 실려 나갔지만

박사님께서는 그 사지에서 건강히 살아나오셨죠.

혹독한 시련을 모두 이겨내시면서요.

분명 하늘에 계신 그분이 옆에서

도와주신 게 분명합니다.

모두 함께 앞으로도 오랫동안

저희에게 도움을 베푸실 수 있도록

이 훌륭하신 선생님의 만수무강을 기원합니다!

파우스트   하늘에서 우리를 굽어살피시는 그분에게,

또 도움을 가르쳐주시고

도움을 주시는 그분께 감사를 드리십시오.

(바그너와 함께 그곳을 떠난다.)

바그너 오, 선생님, 이렇듯 많은 사람들의

존경을 받으시니 얼마나 좋으시겠어요!

타고난 재능을 베풂으로써

이렇게 좋은 결과를 이끌어내는 사람은

얼마나 행복하겠습니까!

아버지가 아들에게 선생님을 본받으라 이야기하고,

너도나도 이리저리 정신없이 다니며

선생님을 찾아다니다 서둘러 달려옵니다.

바이올린 소리도 그치고, 춤추던 사람마저 멈추지요.

박사님이 걸어가시면 그들은 줄을 맞춰 서서

모자를 하늘 높이 들며, 그것마저도 부족하다 느끼면

마치 성체라도 내려온 듯 무릎마저 꿇고 인사를 합니다.

파우스트 저기 바위까지 몇 걸음만 더 걸어 올라가

산책을 멈추고 잠시 쉬어가세.

난 여기에서 때때로 홀로 앉아

깊은 생각에 잠기곤 했지.

기도와 금식을 하며 고행했다네.

희망에 가득 차고,

확고한 굳은 믿음으로 눈물을 흘리고,

탄식을 내뱉으며 간절한 마음으로 두 손 모아 기도했지.
하늘의 주인이신 그분께
제발 흑사병의 종말을 내려주십사 간청했다네.
저 사람들의 환호와 찬사가
나에게는 조롱하는 소리처럼 들린다네.
오, 자네가 내 마음속을 읽을 수 있다면!
우리 아버지나 그 아들인 내가
그런 명예와 거리가 멀다는 것을 알아차릴 수 있다면.
내 아버지는 연금술의 어두운 분야를
진지하게 연구하셨지.
자연과 그 치유하는 순환에 대해 성심성의를 다해,
물론 자신만의 색다른 방식대로 깊이 노력하셨지.
연금술사 무리와 함께 어두운 실험실에서,
영원불멸하는 처방을 찾아
적절하지 못한 일에도 손을 대셨다네.
그렇게 용감한 청혼자, 붉은 사자를
미지근한 탕 속에서 백합과 교배하고,
그 둘을 불꽃이 이글거리는 화염 속에서 타오르는 채로
이 신방에서 저 신방으로 내몰았지.
그로부터 형형색색의 모습을 한 젊은 여왕이
유리그릇에 나타났다네. 그것이 바로 약이었어.

환자들을 죽음으로 몰아가는 데도

회복한 사람이 있느냐고 어느 누구도 묻지 않았지.

이렇게 지옥의 탕약으로 골짜기를 넘고 산을 넘어

흑사병보다 더한 고통으로 지독하게 미쳐 날뛰었지.

나마저도 이 독을

셀 수 없는 수많은 사람들에게 건넸다네.

그들은 점차 생기를 잃어갔고, 이렇게 난 경험해야 했지.

그럼에도 사람들이 끔찍한 살인자를

찬양하는 것을 말일세.

바그너 그런 일 때문에 너무 상심하지 마세요!

물려받은 기술을 양심적이고 정확하게

실행에 옮기는 것만으로도

진정 용기 있는 사람 아니겠어요?

선생님께서는 선친의 제자라는 사실을

자랑스럽게 생각하셨으니

그렇게 그분의 가르침을 기꺼이 받아들이셔야 합니다.

더 나아가 선생님께서 학자로서

더욱더 학문을 발전시키시면

아마 선생님의 자제분 역시

그 숭고한 뜻을 이어갈 것입니다.

파우스트 여전히 희망을 갖고 있는 사람이란

얼마나 행복한 사람인가!

부디 이 미혹의 바다에서 벗어날 수 있기를!

인간은 막상 필요한 것은 알지 못하면서

쓸모가 없는 것들만 잔뜩 알고 있지.

지금 이 시간 우울한 애길랑 집어치우고

아름다운 선에 대해서만 생각하세!

저기 좀 보게나,

붉은 저녁노을이 신록에 둘러싸인 오두막을

아름답게 물들이지 않는가.

석양은 서서히 물러간다네.

낮은 이미 져버려 구시대의 유물이 되어버리고,

태양은 새로운 생명을 북돋우러 그곳으로 서두른다네.

날개가 있어 대지를 날아오를 수만 있다면!

영원한 저녁노을 속에서

발치의 고요한 세계를 내려다볼 수만 있다면 좋으련만!

산봉우리마다 불타오르고 골짜기들의 적막에 싸여

은빛 냇물이 황금빛 물결을 이루며

강물로 흐르는 것을 볼 수 있다면!

깊은 협곡으로 가득한 험준한 산도

이 신적인 행로를 저지하지 못하고,

따사로운 해변을 낀 바다가

내 눈앞에 놀랍도록 펼쳐지겠지.

그러다 결국 태양의 여신이

다시 물속으로 가라앉는 듯 보이면,

내 새로운 충동에서 깨어나,

여신의 그 영원한 빛을 마시러 서둘러 달려가리라.

내 앞에는 밝은 낮, 뒤에는 어두운 밤,

위로는 하늘, 아래로는 파도가 넘실대고

아름다운 꿈을 꾸는 사이에 여신은 이내 사라져버린다.

아! 어찌하여 정신의 날개만큼

육신의 날개도 쉽게 가벼워지지 못한단 말인가.

그러나 머리 위 푸른 하늘에서

종달새의 지저귀는 노랫소리가 울려 퍼지고

가파르게 솟은 전나무 위로

날개를 편 독수리가 창공을 맴돌고,

들판을 넘어, 바다를 넘어

두루미가 고향을 찾아 날갯짓하면,

저 높이, 저 멀리 날아가고 싶은 것이

무릇 사람이 타고난 천성이 아니겠는가.

바그너 저 스스로도

변덕스런 기분에 빠져 있던 적이 있었지만,

그런 충동에 빠져본 적은 단 한 번도 없습니다.

사람들이란 숲과 들판에 쉽게 질려버리고,

새의 날개 따위를 절대 부러워하지 않습니다.

이 책 저 책, 이 장에서 저 장으로

페이지를 넘길 때마다 느끼는

정신의 즐거움은 그 얼마나 다른가요.

그곳에서는 겨울밤도 정겹고 즐겁게 느껴지고

복된 삶이 노래로 온몸을 따사롭게 해준답니다.

아! 선생님께서 양피지를 펼치시면.

그렇게 천상의 모든 것이 제게로 내려오는 듯하지요.

파우스트   그렇게 한 가지밖에 모르니 원,

다른 충동이야 전혀 깨달을 수 없겠군!

아! 이 내 가슴속에는 두 영혼이 함께 살고 있지.

이 두 영혼은 서로에게서 멀어지려 한다네.

하나는 이 세상의 감각으로 현세에 매달려

방탕한 사랑의 환락에 빠지려 하고.

다른 하나는 하늘의 계시를 얻고자

들판으로 향하려는 목마름에 가득 차 있어.

오, 대기에 진정 정령들이 있다면,

하늘과 땅 사이에서 모든 것을 지배하는 정령이 말일세,

황금빛 안개를 뚫고 내려와

나를 새롭고 화려한 인생으로 인도해주었으면!

그래, 그것만이 마법의 외투처럼

나를 미지의 세상으로 데려다주겠지!

제아무리 값진 옷이나 그 어떤 제왕의 곤룡포라도

바꾸지 않을 텐데.

바그너 너무나 잘 알려진 그 무리들을

불러들이지 마세요.

그들은 안개 넘어 물결치듯 밀려와

인간에게 엄청난 해악은 물론 종말을 가져오지요.

북쪽에서 날카로운 이빨을 가진 악령이

화살촉 같은 혀로 날름거리며

선생님을 향해 달려들겠죠.

동쪽에서는 세상을 피폐하게 만드는 마귀들이 나타나

사람들의 허파에서 정기를 빨아먹을 겁니다.

남쪽의 황무지에서 몰려오는 마귀들이

우리의 정수리에 열기를 잔뜩 쏟아부으면,

서쪽에서 나타난 마귀들은 생기를 북돋아주는 척하며

박사님과 들판과 목초지를

넘실거리는 물살로 덮어버리겠죠.

그들은 인간에게 해를 끼치려는 마음밖에 없어요.

그래서 우리에게 복종하는 척합니다.

어떻게든 우리를 기만하고 싶어 하니까요.

하늘이 그들을 보낸 양 행동하고

거짓말을 할 때는 천사처럼 속삭이지요.

하지만 이제 이만 돌아가시죠!

어느새 주변이 음침해졌습니다.

공기도 싸늘해지고 안개마저 끼지 않았습니까.

저녁이면 집 생각이 굴뚝 같아지기 마련이죠.

왜 그리 서서 놀란 표정으로 바라보시는 거죠?

점차 주변도 어두워지는 이 석양 속에서

박사님 마음에 드는 뭐라도 발견하셨나요?

파우스트   저기 묘종과 그루터기 사이를

뛰어다니는 저 검은 개가 보이는가?

바그너 저도 아까부터 보았습니다만

그리 대수롭지 않게 여겼는데요.

파우스트   좀 자세히 보게나!

저 짐승을 어찌 생각하는가?

바그너 주인의 흔적을 찾으려

이리저리 애쓰는 푸들인 것 같은데요.

파우스트   저 개가 흡사

어지러운 달팽이집을 따라 걷듯이

우리 주변을 어슬렁어슬렁 맴돌며

점점 다가오는 것을 몰랐단 말인가?

　　　　분명 내가 틀리지 않았다면

　　　　저 개의 뒤꽁무니에 불꽃이 일고 있어.

바그너　제 눈에는 그저 검정 푸들로만 보이는데요.

　　　　아마도 선생님께서 잘못 보신 모양입니다.

파우스트　내게는 말일세.

　　　　저 녀석이 우리와 인연을 맺으려

　　　　우리 발에 슬며시 마법의 올가미를 묶고

　　　　끌어당기는 듯 보인다네.

바그너　제가 볼 때는 그저 겁에 질려

　　　　뛰어다니지 않나 싶습니다.

　　　　주변에 주인은 없고 낯선 사람 둘만 보이니까요.

파우스트　이렇게 우리의 연이

　　　　점점 가까워지고 있는 걸세.

　　　　벌써 저기 가까운 곳까지 다가오지 않았나!

바그너　선생님, 보시듯이 말이죠!

　　　　저건 귀신이 아니라

　　　　그저 개 한 마리일 뿐입니다.

　　　　킁킁거리고 고개를 갸우뚱하다가

　　　　이내 드러누워 배를 보이지요.

　　　　저 꼬리 치는 저 모습 좀 보시지요.

　　　　영락없이 다른 개와 똑같습니다.

파우스트 우리와 함께 가자! 이리 오렴!

바그너 그놈 참 흥미로운 짐승이군요.

선생님께서 가만히 멈춰 계시면, 저도 기다리고,

선생님께서 말을 거시면 기어오르려 하지 않습니까.

선생님께서 행여 뭔가를 잃어버리셔도

충분히 찾아오겠습니다.

설사 물속에 지팡이가 빠졌다 해도요.

파우스트 자네 말이 옳네,

영의 흔적이란 찾아볼 수 없어.

그저 훈련을 잘 받았나보군.

바그너 개란 말입니다. 잘 길들여놓으면,

지혜로운 사람의 마음에도 들기 마련이지요.

분명 그렇네요.

저 녀석은 선생님께서 애정을 베푸시는 만큼

그 값을 톡톡히 할 겁니다.

원래 개는 대학생들의 뛰어난 제자 아니겠어요.

(함께 성문 안으로 들어간다.)

서재1

(파우스트가 푸들을 데리고 들어온다.)

파우스트   나는 깊은 밤이 뒤덮은

들판과 초원을 두고 떠나왔다.

예감으로 가득한 성스러운 두려움으로

우리에게 더 나은 영혼을 일깨우는 그곳을.

온갖 거친 행동을 낳는

사나운 충동들도 잠이 들고

인간과 신을 향한 사랑이 고개를 내미는구나.

푸들아, 조용히 하렴!

여기저기 돌아다니지 마라!

여기 문지방에서 킁킁거리며 무슨 냄새를 맡는 것이냐?

저기 난로 주변에서 누어 편히 쉬어라,

내 가장 좋은 방석을 네게 주마.

산길에서 이리저리 뛰어다니며

우리를 즐겁게 해주었으니,

이제 환영받는 손님이 되어 내 보살핌을 받으려무나.

아, 이 좁은 골방에

등불이 친근하게 다시 타오르니,

스스로를 잘 아는

이 내 마음속, 가슴속이 밝아진다.

이성이 다시 말을 하며,

희망이 한껏 부풀어 오른다.

생명의 냇물, 그곳의 인생이 그립구나.

아아! 솟구치는 생명의 원천을 따라가고 싶다.

푸들아! 으르렁대지 마라!

내 모든 영혼을 움켜쥐는 신성한 목소리를

동물 소리 때문에 놓칠 수는 없지 않느냐.

사람들은 흔히 이해하지 못하는 것을 조롱하고,

아무리 아름다운 것도 힘들면 불평하는 데 익숙하단다.

하물며 짐승인 너마저 그들처럼 으르렁거리려는 게냐?

그렇지만 아아! 어떻게 해도

이 가슴이 만족감으로 가득 차지 않는구나.

그런데 강물은 어찌 이리도 빠르게 마르는 게냐.

이렇게 우리는 또다시 목마르구나.

이미 이런 경험은 수도 없이 많이 겪었다.

그러나 이 부족함은 채워질 수 있으니,
지상의 것이 아닌 초지상적인 것을
귀히 여기는 법을 배우고,
그 어디에서보다도 「신약 성서」에서
아름답게 불타오르는 하늘의 계시를 갈망한다.
이렇게 원전을 펼치면 솔직한 감정이 솟구쳐올라
그 신성한 원문을 내 사랑하는 독일어로
옮기고 싶은 충동이 나를 감싸 안는다.

(책을 펼쳐 들고, 번역하기 시작한다.)

여기 이렇게 쓰여 있군.
"태초에 '말'이 있었느니라."
벌써 여기서부터 막히는군! 누가 날 도와준단 말이냐!
말이라는 이 낱말 자체를
이렇듯 높게 평가해야 한단 말인가?
정령으로부터 진정한 깨우침을 받았다면,
이 낱말을 다르게 해석해야만 한다.
태초에 '뜻'이 있었느니라. 이렇게 써야 하지 않을까.
네 펜이 경솔하게 서두르지 않도록
첫 문장부터 심사숙고해야 한다!

이것이 과연 만물을 창조하고 다스렸다는 의미인가?

그렇다면, 태초에 '힘'이 있었느니라.

이렇게 쓰여 있어야 옳을 것이다.

하지만 이것을 쓰고 있는 이 순간마저

벌써 옳지 않다고 경고하고 있지 않은가.

정령이 나를 도와주려나 보다!

불현듯 좋은 생각이 떠올라 자신 있게 써내려간다.

태초에 '행위'가 있었느니라.

이 방에 나와 함께 있으려면 그만 끙끙거리고,

그만 좀 짖어라! 푸들아.

그렇게 방해만 하는 친구를 곁에 둘 수 없지 않겠니.

너와 나 둘 중 하나는 이 방을 떠나야 한다.

내키지는 않지만 손님의 특권을 거둘 수밖에.

문은 열려 있으니, 너 가고 싶은 대로 가거라.

이게 웬일이냐? 내가 뭘 보고 있는 거지?

저것은 그저 환영인가? 아님 진정 현실이란 말이냐?

어떻게 푸들이 가로세로로 길게 늘어날 수 있단 말이지?

기를 쓰고 일어나려 하는구나.

저건 개의 형상이 아니다!

내가 유령을 집에 들이다니!

벌써 하마처럼 보이지 않는가.

두 눈에서 불꽃이 타오르고 이빨이 무척 날카롭구나.

이제 네놈은 내 손에 잡혔다! 오! 틀림없어!

어설프게 사악한 저 짐승에게는

솔로몬의 열쇠가 제격이지.

정령들 (복도에서)

저 안에서 한 놈이 붙잡혔구나!

그대로 밖에 남아라, 아무도 저놈을 따라가지 마라!

저 늙은 지옥의 살쾡이가

철장에 갇힌 여우처럼 두려워 벌벌 떠는구나.

그러나 조심하라!

이리저리 날아다니고 사방으로 요동치더니

결국 달아나고 말리라.

저놈을 도와줄 수만 있다면

모른 척 가만히 두지 마라!

저놈도 우리 모두를 벌써

여러 번 도와주지 않았느냐.

파우스트   4대 원소의 주문으로

저 짐승에게 대항해야겠구나.

잘라만더여, 불타오르라.

운데네여 굽이쳐 흘러라.
바람의 요정, 질페여,
사라져라. 땅의 요정,
코볼트여, 수고하라.

4대 원소, 그것들의 힘과 특성 등
만물의 요소를 알지 못하는 이라면
진정한 정령의 주인이라 할 수 없겠지.

불꽃 속으로 사라져라,
잘라만더여!
우렁찬 소리와 다시 함께 모여 흘러라,
운데네여!
아름다운 별똥별처럼 빛나라,
질페여!
집안일을 도와다오!
인쿠부스! 인쿠부스!
여기 나타나 끝을 맺어다오!

4대 원소 가운데 그 어느 것도
이 짐승 속에 숨어 있지 않군.

저 짐승이 태연히 드러누워
나를 향해 미소 짓는 저 모습 좀 보라.
아직 따끔한 맛을 보지 못한 게로구나.
내 말을 잘 들어라.
이제 더 강한 주문을 외울 테니.

네 이놈, 네놈은
지옥에서 도망쳐온 방랑자가 아니던가?
이 부적을 좀 보라.
이 앞에서는 사악한 무리들도 고개를 조아린다!
덥수룩한 털이 벌써 뻣뻣하게 곤두선다.

이 사악한 요물아!
이것을 읽을 수 있겠느냐?
이미 태어나기 전부터 존재하시고
말로 다 표현할 수 없으며
온 천상의 곳곳에 넘치시며
극악무도하게 십자가에 못 박히신 그분을?

저놈이 난로 뒤에 갇혀서 코끼리처럼 부풀어 오르더니
방 안을 가득 채우는구나.

이제 안개 속으로 사라지려 하는군.

천장으로 올라가지 마라!

네 주인의 발치에 엎드려라!

네가 보듯이, 허튼소리로 놓는 으름장이 아니다.

신성한 불꽃으로 네놈을 그을릴 것이다!

삼중으로 타오르는 불꽃을 기대하지 마라!

내 술책 중 가장 강력한 것을 기대도 하지 마라!

(메피스토펠레스가 안개 속에서 떠돌이 대학생처럼 입고 난로 뒤에서 등장한다.)

메피스토펠레스 왜 이리 시끄럽지요?

　　　무슨 일이십니까?

파우스트 그러니까 이것이 푸들의 정체란 말이지!

　　　떠돌이 학생의 모습이라?

　　　정말 웃음밖에 나오지 않는 노릇이로군.

메피스토펠레스 존경하는 학자님께 인사드려요!

　　　진짜로 날 진땀나게 했어요.

파우스트 네 이름은 무엇이냐?

메피스토펠레스 무엇보다 말을 가장 경멸하고

　　　모든 현상에서 멀리 동떨어져 본질을 파고드는 분에게

그건 너무 하찮은 질문이 아닌가요.

파우스트   너희 같은 족속은 이름만으로도

그 본성을 읽을 수 있다.

파리의 신, 유혹자, 거짓말쟁이만 보아도

알 수 있지 않느냐.

그래, 좋다. 넌 누구냐?

메피스토펠레스   항상 악을 바라지만

그럼에도 항상 선을 행하는 그 힘의 일부분입니다.

파우스트   이 수수께끼가 도대체

무슨 뜻이란 말인가?

메피스토펠레스   전 언제나 거부만 하는 이랍니다.

게다가 창조된 모든 만물은

당연히 죽어 없어진다는 진리를 따르니

차라리 애초부터 생겨나지 않았다면

훨씬 좋았을 것을요.

죄악, 파괴, 쉽게 말해 당신이 악이라 부르는 모든 것이

절 구성하는 핵심이라 할 수 있지요.

파우스트   지금 자신을 힘의 일부분이라 부르며,

온전한 모습으로 내 앞에 나타난 것이냐?

메피스토펠레스   제가 아주 소소한 진실 하나를

말씀드리지요.

이 어리석고 작은 세계에 지나지 않는 인간이

흔히 스스로를 전부라 생각하는데,

전 태초에 전체였던 그 일부의 일부분이며

빛이 낳은 암흑의 일부분입니다.

오만한 빛은 자신을 낳아준 어머니인

밤이 오랫동안 지켜온 지위,

그 공간을 뺏으려 서로 다투려 합니다.

그렇지만 빛이란 원채 물체에 구속되어 있는 탓에

아무리 노력해도 허락되지 않지요.

빛은 물체에서 소용돌이치며 나와

그 물체를 아름답게 하지만,

그 물체가 가는 길을 막아서지요.

그러니 빛은 물체와 더불어 몰락할 수밖에요.

전 다만 그 순간까지

그저 오래 걸리지 않기만을 바라지요.

파우스트 이제 네 숭고한 사명이 뭔지 알겠구나!

그러나 크게 보면 넌 아무것도 파괴할 수 없으니

작은 것부터 시작하려는 속셈이 아니냐.

메피스토펠레스 물론 아직은 시작도 하지 못했지요.

무에 대립하는 것, 이 소소한 인간의 것,

이 우둔한 세상을 장악하려 많은 계획을 했지만

별 성과는 없었어요.

풍랑과 폭풍우 그리고 지진과 화재마저 일으켜봤지만

결국, 바다도, 육지도 고요하더라고요!

게다가 짐승도 인간도

그 요물 같은 하찮은 새끼들을 낳는데

어떻게 막을 수 있는 방법이 없더라니까요.

이미 벌써 많은 이들을

제 이 손으로 무덤에 묻었는지 아시나요?

그런데도 또다시 신선하고 새로운 피가

활기차게 흐른단 말입니다.

이렇게 계속되고 마니 정말 어찌할지 모르겠소!

공중에서, 물속에서, 땅에서

메마르든 습하든 따뜻하든 춥든

수많은 생명이 싹튼단 말이지요!

그나마 불꽃이라도 남겨두지 않았더라면

아마 제가 내세울 것이라고는 하나도 남지 않았겠지요.

파우스트   영원히 생동하며 치유하는 힘에

네 차가운 악마의 주먹으로 자극했단 말이냐!

차라리 다른 방법을 찾아 시작해보라.

이 혼돈의 괴기한 아들아!

메피스토펠레스   그건 다음번에 함께

곰곰이 생각해보도록 하지요!

지금은 이만 물러가도 될까요?

파우스트 어째서 그걸 묻는지 모르겠구나.

이제 막 너란 존재를 알게 되었으니,

네가 원할 때면 언제든 방문해도 좋다.

창문은 이쪽이고, 문은 저쪽이다.

굴뚝은 이미 잘 알고 있겠지.

메피스토펠레스 솔직히 말씀드리지요!

이곳을 나가는데 제 앞을 막는 작은 방해물이 있답니다.

바로 문지방에 붙여놓은 저 별 모양의 부적 말입니다.

파우스트 저 오각형별이 네게 고통을 주느냐?

지옥의 아들아, 말해보라.

그것이 너를 막을 수 있다면

어떻게 이곳에 들어온 것이지?

어찌 정령이 되어 덫에 걸린단 말이냐?

메피스토펠레스 자세히 좀 살펴보세요!

저 부적은 제대로 그려지지 않았어요.

밖을 향하는 귀퉁이가 보시는 대로

조금 벌어져 있지 않습니까?

파우스트 거참, 우연이로구나!

그렇다면 네가 사로잡혔단 말인가?

그 정도면 꽤 큰 성과라 할 수 있겠군!

메피스토펠레스 푸들의 모습으로 이 방으로

들어올 때는 저것을 전혀 인지하지 못했어요.

하지만 지금은 상황이 다르지요.

무릇 사탄은 저것 때문에 집 밖으로 나가지 못하니까요.

파우스트 그렇다면 왜 창문으로 나가지 않지?

메피스토펠레스 악마와 유령의 불문율 때문이죠.

반드시 들어온 곳으로 다시 나간다.

들어오는 것은 마음대로지만

나가는 것은 지켜야만 하지요.

파우스트 지옥에도 법이 있단 말인가?

그곳에도 법이 있다니 그거 진짜 다행이군.

이제 너희 족속들과도 마음놓고 계약할 수 있겠구나.

메피스토펠레스 계약하면 그 약속은

무조건 믿어도 되지요.

그리고 그 어떤 것도 나중에 깎을 수 없소.

물론 그렇게 간단히 설명할 수 없으니

다음에 만나서 더 의논하기로 합시다.

이제 진심으로 간절히 부탁하건대

이번만큼은 그만 놓아주시지요.

파우스트 잠깐만 더 여기에 남아서

진지한 이야기 좀 나눠보세.

메피스토펠레스 이제는 정말 가야 하오!

하지만 금방 다시 돌아올 테니,

그때는 원하는 질문을 맘껏 하셔도 좋습니다.

파우스트 내가 네 뒤꽁무니만 쫓아다닌 게 아니라,

네 스스로 함정에 빠지지 않았나!

어디 악마를 잡았다면 못 떠나게 막아야겠지!

두 번 잡기가 어디 쉬운 일인가 말일세.

메피스토펠레스 그리 바란다면 저 역시도

이곳에 남아 친구가 되어드릴

마음의 준비야 되어 있습니다.

그러나 조건이 있지요.

제가 재주를 부릴 테니

그에 걸맞게 시간을 보내셔야 합니다.

파우스트 어디 마음대로 해보게.

어서 네 재주를 보고 싶구나!

메피스토펠레스 친구여,

당신의 감각은 지금까지 보낸 그 어떤 따분한 시간보다

이제부터 더 많은 것을 느낄 것입니다.

사랑스러운 정령들이 노래하고

그들이 눈앞에 펼치는 아름다운 상들은

그저 공허한 마술 따위가 아닙니다.

또한 당신의 후각도 예민해지고,

미각은 더욱더 풍부해지며,

감정은 황홀함을 맛볼 것입니다.

이 모든 것을 위해 별로 준비할 것도 없소.

이제 우리가 함께하기로 약속만 하면

바로 시작하는 것입니다!

정령들

사라져라, 저 하늘을

에워싸는 먹구름아!

다정한 푸른 하늘이

그립구나!

먹구름이

흩어지는 것인가!

별들이 반짝이고,

부드러운 햇살이

비추는구나.

천상의 아들들이여,

아름다운 정신의

소유자들이여,

흔들흔들 몸을 굽히고

두둥실 날아다니는구나.

그리워하는 마음이

그 뒤를 따르고,

펄럭이는 옷자락이

대지를 덮고,

연인들이

깊은 생각에 잠겨

인생을 약속하는

정자마저도

덮는구나.

정자마다!

푸른 새싹이

덩굴로

휘감는 그곳!

주렁주렁 달려

있는 포도가

압착기 통 속으로

떨어지고

뒤이어

부글부글 거품을 일며

포도주가 냇물이 되어

쏟아진다.

깨끗하고 고귀한

바위 틈새로

졸졸 흘러

높은 산들을

뒤로하고

넓은 호수를 이루어

풍족한 푸른 들판을

즐겁게 하는구나.

새들은

더할 나위 없는

기쁨을

천천히 음미하며,

태양을 향해

날아간다.

거친 파도를 등지고

밝은 섬을 향해

이동하는구나.

파도에 실려

흔들리는

밝은 섬들을 향해

날아간다.

환호의 합창소리가

들려오고,

초원에 흩어져

춤추는 사람들이

풀밭 너머로

보이는구나.

몇몇은 산에 오르고,

몇몇은 호수에서 헤엄치며,

또 몇몇은 두둥실 떠돈다.

살기 위해

모두가 사랑스러운 별들과

천국의 은총이 있는

저 먼 곳을 향해.

메피스토펠레스 잠이 들었군! 그래, 잘했다.

이 연약한 귀여운 어린것들아! 충실히도 노래를 불렀어!

내 이 합창에 대한 빚을 졌다.

네놈은 아직 악마를 잡아둘 위인은 되지 못하는구나!

이 자에게 달콤한 꿈의 형상을 보여주어

이 자를 속여보거라.

망상의 바다에 빠트리란 말이다.

그런데 이 문지방의 마법을 깨려면,

쥐 이빨이 필요하겠군.

오래 투덜거릴 필요도 없다.

여기 한 놈이 바스락대며 서둘러 나타날 테니.

들쥐와 생쥐, 파리, 개구리, 빈대와 이의 주인님이

너에게 명령하노니,

기름을 바른 그 즉시 이곳에 나타나서

저 문지방을 갉아먹어라.

저기 벌써 깡충 뛰어 나오는구나!

자, 이제 모두 일을 시작하라!

나를 여기에 묶어놓은 저 모서리가

저 앞쪽 모서리에 있지 않느냐.

한 번만 더 갉으면 될 것 같구나.

좋아. 파우스트, 넌 계속 꿈이나 꾸어라!

우리가 다시 볼 때까지.

파우스트 (깨어나며) 이번에도 속은 것이란 말인가?

정령으로 가득한 무리들도 사라지고

푸들에서 튀어나온 악마가 그저 한낱 꿈이란 말이냐?

서재2

(파우스트. 메피스토펠레스)

파우스트 문을 두드리는 소리인가?

들어오시오! 누가 또 나를 방해하려는가?

메피스토펠레스 나예요.

파우스트 들어오게!

메피스토펠레스 세 번은 권해야지 않겠어요?

파우스트 어서 들어오게!

메피스토펠레스 이제 마음에 드네요.

바라건대 이만 나와 계약하시지요.

내가 선생의 우울한 망상을 몰아내려고

이렇게 우아한 귀공자 차림으로 여기 오지 않았겠어요.

보다시피 금박으로 장식한 붉은 옷을 입고

견고한 비단으로 지은 외투를 걸치고

수탉의 깃털을 꽂은 모자에 날카로운 긴 칼을 찼지요.

내가 충고 하나 하자면, 선생도 이렇게 입으시오.

그러면 당신을 억압하는 모든 속박에서

자유롭게 벗어나

삶이 진정 무엇인지 깨닫게 될 거요.

파우스트　그 어떤 옷을 입어도

이 답답한 지상의 삶이 떠오르니

내게는 그저 고통밖에 되지 않는다네.

여흥만을 즐기며 살기에는

내가 너무 늙었고

희망을 모두 버리기에는 너무 젊다네.

이 세상이 이런 내게 무엇을

충족시켜줄 수 있단 말인가?

부족해도 참아라! 참아야 한다!

모든 이의 귓가에 울려 퍼지는 영원한 노랫소리지.

평생 목소리가 쉴 때까지 불러야만 하는 노래.

나는 아침마다 공포에 놀라며 깨어난다네.

살면서 단 하나의 소원도 이뤄지지 않은 그 하루는

씁쓸한 눈물을 흘리며 울고 싶네.

즐거운 일을 기대하는 마음을 고집스럽게 깎아내리며

활기찬 가슴이 만들어내는 것을.

창조는 내 가슴을 자극하고

수천 가지 삶의 험한 얼굴로 나를 괴롭힌다네.

밤에도 나는 또다시 두려움에 떨며

침상에 몸을 누인다네.

침상에서도 내게 진정한 휴식은 허락되지 않고

대신 사나운 꿈이 나를 힘들게 하기 때문이지.

내 가슴속에 살아 계시는 신은

내 마음속 가장 깊은 곳을 자극할 수 있지만,

내 모든 힘을 지배하시는 신은

외부로는 아무런 것도 움직이지 못하시네.

그러니 나에게 존재한다는 것은

무거운 짐에 지나지 않지.

오로지 죽고 싶은 마음뿐이네.

인생이란 끔찍하지.

메피스토펠레스   그렇지만 죽음도

결코 반가운 손님은 아니지 않나요.

파우스트   오, 승리의 영광 속에서

성스러운 피로 물든 월계관을 머리에 쓰고

죽음을 맞이하는 자는 복되도다!

한껏 미친 듯이 춤을 춘 후

한 소녀의 품에서 죽음을 맞이한 자는 복되도다!

오, 나도 숭고한 정령의 힘 앞에서

넋이 나가 쓰러져 죽음을 맞이했더라면 좋았을 것을!

메피스토펠레스   그렇지만 그날 밤

갈색의 물약을 마시지 못한 사람이 있었지요.

파우스트   엿본 모양이로구나.

그런 것이 자네 취미인 모양이로군.

메피스토펠레스 내가 그렇지 않다는 건

어느 누구나 알고 있지요.

보지 않아도 난 많은 걸 알고 있답니다.

파우스트 감미롭고 귀에 익숙한 목소리로

끔찍한 혼란으로부터 나를 꿰어내고,

마치 어린 시절의 즐거웠던 시간들을 떠오르게 하며

그때 있었던 감정의 잔재로 날 기만하려 해도

나는 저주한다.

영혼을 유혹하고 잔재주로 기만하고 유혹하려는 것들을!

이 슬픔으로 가득 찬 동굴로 몰아넣는 모든 것을!

정신이 사로잡혀 있는 숭고한 뜻을 저주한다!

명성이나 불멸을 속삭이며

환상으로 우리를 미혹하려는 일 따위를

저주한단 말일세!

아내와 자식, 하인과 쟁기로 유혹하며,

재물로 우리의 허영심을 부추기는 것들을 저주하네!

여유로운 생활로 나태하게 만들고,

재물에만 눈이 멀어

대담한 행동을 하게 만드는 재물의 신,

맘몬도 저주하네!

향긋한 포도주도 저주하네!

사랑의 은총도 저주하네!

희망도 저주하네!

믿음도 저주하네!

무엇보다 인내심일랑 개나 줘버리게!

정령들의 합창   (모습은 보이지 않는다.)

슬프도다! 진정 슬프도다!

이 아름다운 세상을

당신이 망가뜨렸구나.

세상이 무너지고 망가지네!

반신이 세상을 부숴버렸네!

우리는 허무의 잔재를

짊어지고

잃어버린 아름다움을

탄식하는구나.

지상의 아들들 가운데

강인한 그대여,

더 화려하게

세상을 다시 지어라!

네 가슴속 세상을

다시 지어라!
새로운 인생을
다시 시작하라.
밝은 마음으로!
그러면 새로운 노래가
울려 퍼지리라!

메피스토펠레스 저것들은

내 부하 중에서도 극히 일부분에 지나지 않지요.

그런데도 즐거움을 찾아 행동하라고

얼마나 조숙하게 충고하는지 한번 들어보시오!

감각과 활기가 움츠러든 이 세상에서

고독으로부터 넓은 세상을 향해

당신을 유혹하고 있지 않소.

독수리처럼 선생을 갉아먹는 원망과

어울리는 짓은 이제 그만둬요.

별 볼 일 없는 무리들과 어울리다 보면

자신이 다른 사람들과

별반 다를 바 없다는 것을 느끼기 마련이오.

그렇다고 당신을 그들 중 하나로

간주하고 싶은 마음은 없소.

나와 함께 삶을 두루 섭렵할 생각이 있다면

당장 선생의 곁에서 받들어 모시겠소.

나는 선생의 친구요.

하지만 선생이 바란다면 하인이 되고 종복이 되겠소.

파우스트   그럼 그 대가로 내가 뭘 해야 하는가?

메피스토펠레스   그러기엔 아직 긴 시간이 남아 있소.

파우스트   아닐세, 아니야!

악마란 매우 이기적이지.

그리고 남을 도우라는 신의 뜻을 쉽게 따르지 않는다네.

그러니 조건을 분명히 말하게.

그런 하인이라면 분명

집안에 문제를 일으킬 테니 말이야.

메피스토펠레스   난 그저 '이 세상에서'

선생의 하인이 될 것이오.

선생이 신호만 하면 휴식도 없이 쉬지도 않을 거라오.

하지만 만약 우리가 '저 세상에서' 다시 만나면

선생이 나를 똑같이 섬기면 되오.

파우스트   저 세상 따위는 별로 중요치 않네.

자네가 우선 이 세상을 파괴하고 나면

다른 세상이야 그다음에 생성되겠지.

이 지상에서 내 기쁨이 넘쳐흐르고

태양이 내 고통을 비춘다면

내 이 세상과 작별한 후

무슨 일이 일어나든 뭐가 대수인가.

내세에도 미움이 있고 사랑이 있는지

그리고 저세상에도 위와 아래가 존재하는지

별로 알고 싶지 않군.

메피스토펠레스 그렇다면 과감히

결단을 내릴 수 있겠군요.

나하고 계약합시다.

그럼 선생은 앞으로 즐겁게

내가 지닌 재주를 보게 될 거요.

내가 그 누구도 눈으로 보지 못한 것들을

누리게 해주겠소.

파우스트 가련한 악마 주제에

도대체 내게 뭘 주겠다는 거냐?

숭고한 것을 지향하는 인간의 정신을

악마 주제에 어찌 알 수 있단 말인가?

아무리 먹어도 배부르지 않을 음식,

수은처럼 네 손에서 녹아 없어지는 붉은 금,

절대로 이길 수 없는 도박,

내 품에 안겨서 이웃집 남자와 눈 맞추는 아가씨,

천상의 기쁨을 맛보게 해주고는

별똥별처럼 사라져버리는 명예를 주려 하겠지.

반을 가르기도 전에 속이 썩어버린 과일이나

날마다 새롭게 순록을 뽐내는 나무를 보여주게나!

메피스토펠레스 그런 주문이야 전혀 어렵지 않소.

그런 보물이야 얼마든지 가져다줄 수 있지요.

그렇지만 이보시오 선생, 이제 시간이 다가오고 있소.

우리가 쉬면서 편안히 향연을 즐기는 그 순간 말이오.

파우스트 그저 긴 의자에 누워

마냥 속 편히 있는다면,

그것으로 내 인생은 끝장일세!

내가 교활하게 미소 지으며

날 기만하는 거짓말에 속아 넘어가고

쾌락에 농락당한다면,

그것이 내 인생의 마지막 날이겠지!

내기하겠는가?

내 승리할 테니!

메피스토펠레스 좋소!

파우스트 그럼 계약을 맺도록 하지!

순간이여, 멈추어라! 매우 아름답구나!

내가 이렇게 말하면,

내 기쁜 마음으로 죽음을 받아들이지!

죽음의 종소리가 울려 퍼지고

자네의 계약도 끝나고 자유로워지니,

시계는 멈추고, 바늘은 떨어지겠지.

그러면 그걸로 내 시간은 끝이네.

메피스토펠레스 꼭 명심해요.

우리는 절대로 이 말을 잊지 않을 테니까요.

파우스트 자네가 옳군.

진지하게 생각해보지 않았어.

내가 순간을 고집한다면

결국 종이 되겠지.

그게 자네이든 다른 누군가이든 상관없다네.

메피스토펠레스 오늘 당장 박사 학위 축하연에서부터

내 하인의 의무를 이행하겠소.

그러나 다만 한 가지!

살거나 죽거나 하는 이 문제를 몇 줄로 작성해주시지요.

파우스트 계약서를 작성하란 말인가,

내 이리 소심한 악마를 봤나?

자신의 말을 지키는 사람을 보지 못했나 보구나.

이미 내가 말로 한 약속으로도

내 인생을 영원히 지배할 텐데

그걸로 충분하지 않단 말인가?

세찬 폭풍으로 가득하고

안식이라고는 조금도 없는 이 세상에서

이런 계약서 따위에 메여 지체해야 한단 말인가?

하지만 이런 광기가 마음속 깊이 자리하고 있는데

누가 거기서 쉽게 벗어날 수 있단 말인가?

마음이 신뢰로 가득한 사람은 정말 행복한 거야!

그 어떤 희생에도 후회하지 않으리라!

그러나 글로써 봉인한 양피지는

누구나 귀신처럼 벌벌 떨기 마련이지.

말은 이미 깃털 펜 끝에서 생기를 잃어가고

주도권은 랍과 가죽에게 넘겨지지.

이 악령아, 도대체 내가 어떻게 하면 좋으랴?

청동이냐, 대리석이냐, 양피지냐 아니면 종이냐?

석필, 끌, 깃털 펜, 무엇으로 써주랴?

네놈이 원하는 대로 선택하라!

메피스토펠레스 아니, 왜 그리 열을 올리십니까?

어떤 종이라도 좋소.

그저 선생의 피 한 방울로 서명하면 되오.

파우스트 꼭 그렇게 해야 만족한다면 그리하세.

메피스토펠레스 피는 매우 특별한 액체지요.

파우스트 행여 내가 이 계약을 깰까 걱정하지 말게!

나는 약속을 지키려고 혼신을 다하는 사람이니 말이야.

내 네 앞에서 아주 거만하게 으스댔지만

사실 너와 같은 부류에 속하지.

위대한 정령은 나를 업신여기고,

자연은 내 앞에서 그 빗장을 걸어 잠가버리니

사유의 끈은 이미 끊어져버렸네.

이제 지식이라면 구역질이 나는군.

어서 관능의 늪에 빠져

이 불타는 열정으로 이 마음을 잠재우리라!

어서 마법의 장막을 내게 씌우게나.

어떤 기적이라도 난 이미 마주할 준비가 되어 있다네!

소용돌이치는 시간의 흐름에 몸을 던지고

사건의 소용돌이 속으로 뛰어들어가 보세!

그곳에서 고통과 쾌락, 성공과 불만이 서로 뒤바뀔 테니.

자고로 사나이라면 쉬지 않고 활동하니 말이야.

메피스토펠레스 선생 앞을 가로막는 것은

이제 아무것도 없을 거요.

어디에서나 먹고 싶으면 주전부리를 하고,

스쳐 지나면서도 잡고 싶은 대로 낚아채시오,

그러다 보면 선생이 얻고자 하는 것을 얻을 것이오.

그러니 어서 나를 이용하시오.

그렇다고 당신이 악인이 되는 것은 아니니!

파우스트   내 말을 잘 듣게나.

도취경은 논할 것도 없네.

꿈은 나를 힘들게 하고 늘 고통만을 맛보게 하지.

사랑에 눈먼 증오, 통쾌한 분노에 빠져보고 싶다네.

내 마음이 지식의 갈증에서 벗어나

앞으로 그 어떤 고통도 피하지 않을 걸세.

그리고 온 인류에게 주어진 바로 그것을

나 또한 내 가슴 깊이 맛보고 싶다네.

지극히 높은 것과 지극히 깊은 것을

내 정신으로 붙잡고,

인류의 행복과 고통을 내 마음에 가득 채울 수 있다면

내 자아로 그들의 자아를 확장하려네.

그리고 결국 마지막에는 나 역시도

인류와 더불어 파멸하겠지.

메피스토펠레스   이런, 나를 믿어봐요.

수천 년씩이나 이 딱딱한 음식을 씹어온 나요.

요람에서 무덤에 묻힐 때까지

그 누구도 그 오래된 효모를 소화시키지 못했으니까요!

그러니 우리 같은 종족의 말을 믿어봐요.

이 모든 것은 신, 그분만을 위한 것이지요!

그분은 영원한 광채 속에 기거하시면서

우리를 암흑 속으로 몰아내셨소.

그리고 당신들 인간들에게만

유일하게 낮과 밤이 있다오.

파우스트 그래도 난 할 것이네!

메피스토펠레스 그래요!

그렇지만 한 가지 문제가 있소.

인생은 짧고, 예술은 길지요.

내 생각하건대, 선생은 수업을 받아야 해요.

시인을 하나 사귀어서

그에게 이런저런 생각을 모두 맡기고

그 고귀한 능력들을

당신의 명예로운 정수리에 모으는 거죠.

사자의 용맹, 사슴의 민첩함,

이태리인의 정열적인 기질, 북방계의 인내심,

이것들로 숨겨진 비밀을 찾읍시다.

관용과 간계를 한데 묶고

뜨거운 청춘의 충동으로 계획에 따라

사랑에 빠지는 비결을 알아내게 하시오.

이런 사람을 진정 사귈 수 있다면

내 진정 그분을 소우주라 부르지요.

파우스트　이 모든 감각들이 열망하는

인류의 왕관을 얻는 것이 불가능하다면 난 뭐란 말인가?

메피스토펠레스　당신은 결국 당신 그 자체이지요.

아무리 곱슬머리 가발을 써도

발에 높은 굽의 구두를 신어도

당신은 언제까지나 그저 당신일 뿐이오.

파우스트　나도 느끼고 있네.

인간의 정신이 지닌 모든 보물을

내 모두 끌어모아 봤지만 결국 부질없었지.

이렇게 주저앉아 있는데도,

내면에 그 어떤 새로운 힘도 솟구치지 않았어.

나는 터럭만큼도 더 높아지지 않았으니

무한한 존재에 조금도 가까워지지 못했어.

메피스토펠레스　친애하는 선생!

당신도 사물을 그저 다른 세상 사람들처럼

평범하게 보는군요.

인생의 즐거움을 느끼려면

우리는 좀 더 현명해야 합니다.

제기랄! 손과 발이 자유로워야 그다음에 머리와 엉덩이,

물론 그건 선생의 것이오.

그렇다고 내가 새롭게 누리는 이 모든 것이

내 것이 아니란 말이오?

내가 돈을 주고 여섯 마리의 말을 산다면

그 말들의 힘이 내 것이 아닌 당신의 것이란 말입니까?

나는 마치 스물네 개의 발이 달린 것처럼

질주하는 진정한 사나이일 거요.

그러니 기운을 내시오!

그냥 모든 것에 의미를 부여하고,

그리고 나와 함께 세상 속으로 뛰어듭시다!

당신에게 이미 말했던가요?

사색에만 빠진 인간은 악령에게 이끌려

메마른 황무지를 빙빙 맴도는 짐승과 같다.

주변에 이렇게 아름다운 푸른 초원이 있는데 말입니다.

파우스트   그럼 이제 어떻게 시작하면 되지?

메피스토펠레스   그럼 당장 이곳을 떠납시다.

세상에 어찌 이런 고문실 같은 곳이 있담?

자신도, 젊은이들도 지루하게 만드는 것을

어찌 인생이라 하겠소?

그딴 건 이제 옆집 뚱보 양반에게나 줘버려요!

쓸데없이 불평만 하면서 괜한 헛수고를 한단 말이오?

선생이 깨달을 수 있는 가장 최고의 것을,

학생들에게 말할 입장도 못 되면서요.

벌써 복도에 누군가 어슬렁대며

다가오는 소리가 들리는군요!

파우스트　지금은 도저히 그 학생을 만날 수 없네.

메피스토펠레스　저 불쌍한 학생은

이미 오래 기다렸어요.

그러니 위로의 말 한마디 없이 그냥 보낼 수는 없지요.

이리 와요.

선생의 외투와 모자를 이리 내게 줘요.

이 가면이 내게 잘 어울리겠군.

(옷을 갈아입는다.)

이제 이곳은 내 머리에 맡겨봐요!

그저 십오 분이면 충분해요.

그사이에 선생은 출발 준비나 잘 하라고요!

(파우스트는 퇴장한다.)

메피스토펠레스　(파우스트의 긴 가운을 걸치고)

인간이 지닌 최고의 힘이라는 이성과 학문을 경멸하라.

거짓에 능한 영혼에 몸을 맡겨

마법으로 네 힘을 북돋아라.

그러면 너는 무조건 내 손아귀에 떨어지리니.

그저 앞으로만 돌진하는 정신을

운명이 네게 안겨주었구나.

급히 서두르기만 하다 보니

지상의 기쁨마저도 그냥 건너뛰어버리지.

난 방탕한 인생으로 그런 그를 낚아챌 거야.

천박하고 시시한 일들 속으로.

그러면 나에게 안달하며

맥없이 아등바등 달라붙으리라.

그러면 절대로 만족을 모르는

이 인간의 탐욕스런 입술 앞에

맛 좋은 고기와 음료가 어른대리라.

갈증을 풀어줄 청량제를 찾아

아무리 간청해도 헛된 일일 뿐.

그러니 악마에게 몸을 넘기지 않아도,

네놈에게는 어차피 파멸밖에 없으리라!

(한 학생이 등장한다.)

학생 이곳에 온 지 얼마 되지 않았지만

진심으로 선생님을 직접 뵙고 말씀을 듣고자

경애하는 마음으로 이리 찾아왔습니다.

메피스토펠레스 그 말을 들으니 참 기쁘군!

하지만 난 다른 사람과 별 차이 없는 사람일 뿐이라네.

그래 뭣 때문에 왔나?

학생 선생님, 저를 받아주세요!

크게 용기를 내어 찾아왔습니다.

학비도 넉넉하고, 혈기도 왕성합니다.

저희 어머니는 보내지 않으려 하셨지만,

그러나 여기 넓은 세상에서

제대로 한번 배워보고 싶습니다.

메피스토펠레스 그렇다면 제대로 찾아왔네.

학생 솔직히 말하면,

벌써 이곳을 다시 떠나고 싶긴 합니다.

이 벽들과 홀들이 조금도 마음에 들지 않군요.

이곳은 공간이 매우 제한적이고 답답하네요.

풀 한 포기, 나무 한 그루도 보이지 않아

강의실 의자에 앉아 있으면

아무것도 듣지도, 보지도 생각하지도 못할 거 같아요.

메피스토펠레스 익숙하지 않아서 그런 거야.

엄마 품의 아이 역시 처음부터

순순히 젖을 빨려 하지 않지만

금세 즐거운 마음으로 빨지 않는가.

자네도 역시 지혜의 젖가슴에 날이 갈수록

강한 욕구를 느끼게 될 게야.

학생 저도 즐겁게 지혜의 목에 매달리고 싶습니다.

이제 말해주십시오. 어찌 하면 그렇게 될 수 있습니까?

메피스토펠레스 내 어찌 될지 설명해주겠네.

그런데 잠깐, 자네 전공은 무엇인가?

학생 법학을 공부하려 합니다.

그래서 지상의 것과 천상의 것

학문과 자연을 이해하고 싶습니다.

메피스토펠레스 그렇다면 제대로 길을 찾아왔네.

그렇다고 방심해서는 안 된다네.

학생 저는 몸과 마음을 다해 이곳에 있습니다.

그렇지만 아름다운 여름 축제 때라면

조금은 자유롭게 시간을 보내는 것도

좋으리라 생각이 드는군요.

메피스토펠레스 시간은 항상

빠르게 지나가는 법이니 잘 활용해야 하지.

그러나 규율이 자네에게 시간을 버는 법을 알려줄 걸세.

그러니 이보게, 내 자네에게 충고하건대

우선 논리학 강의를 듣게나.

그러면 자네의 정신이 족쇄에 채인 양

철저히 단련되고,

정신의 흐름이 신중히 앞을 향해 나아간다네.

이를테면 도깨비불처럼

무턱대고 이리저리 헤매지 않을 거야.

그런 후에, 평상시 먹고 마시듯

자유자재로 해치우던 것이라도

하나, 둘, 셋, 세 단계가 있다는 것을

여러 날에 걸쳐 배우게 된다네.

사실 생각의 공장은 발판을 한 번 밟으면

수천 개의 실이 움직이고

북이 이리저리 넘나드는 직공의 걸작처럼 말이네.

실들이 보이지 않게 흘러서,

한 번 치면 수천 개의 가닥으로 엮이지 않는가.

철학자가 강의실에 들어와서

이리저리 자네에게 증명할 것이네.

물론 그렇겠지.

첫째가 이러하고 둘째는 이러하니

셋째, 넷째는 이럴 것이라고.

아니면 첫째와 둘째가 이러하지 않으니

셋째와 넷째도 결코 이러하지 않을 거라는 둥 말일세.

도처의 학생들이 이런 이론을 찬양하지만

그들은 그 누구도 뛰어난 직공이 되지 못할 것이라네.

살아 있는 것을 깨닫고 묘사하고자 하겠다면서

정신을 몰아내고서는 조각들만을 손에 쥐고 있으니,

안타깝게도!

그 조각들을 엮어주는 굴레, 끈이 부족하지.

화학은 그 끈을 자연의 조작이라 부르지만,

어찌 해야 할지를 몰라 스스로를 조롱할 뿐이라네.

학생   저도 선생님 말을 잘 이해하지 못하겠어요.

메피스토펠레스   우선 모든 것을

추상적인 원칙으로 환원하고

적절히 분류하는 법을 배우고 나면 훨씬 나아질 걸세.

학생   그럼에도 불구하고 제가 무지해서 그런지

흡사 머릿속에서 물레가 돌듯이 어지럽기만 하네요.

메피스토펠레스   그다음에는 그 무엇보다

형이상학을 공부하게!

그러면 인간의 두뇌에 맞지 않는 것도

심오하게 통찰하는 법을 배울 거야.

두뇌 안에 들어가든 말든 근사한 말이 준비되어 있겠지.

무엇보다 앞으로 반년 동안을

성실히 규율을 지키는 데 쓰게.

날마다 강의가 다섯 시간 있으니

종이 울리면 강의실 안에 앉아 있어야 하네!

미리 철저히 예습을 하고,

모든 항목을 공부하다 보면

교수가 책에 적혀 있는 내용 외에

다른 말을 하지 않는다는 걸

나중에 더 분명히 깨닫게 될걸세.

그리고 무엇보다 성령의 말처럼

성실히 받아 적어야 하네!

학생 그거야 두말하실 필요 없습니다!

얼마나 유용한지 잘 알아들었습니다.

하얀 문서 위에 까맣게 쓰인 것은 안심하고

집으로 가져갈 수 있으니까요.

메피스토펠레스 그러면 이제 학부를 선택하게!

학생 법학은 사실 그리 내키지 않습니다.

편하지 않아요.

메피스토펠레스 그 생각이 그리 유별난 건 아니지.

나도 그 학문의 내용은 익히 잘 아니 말일세.

법률이니 법규니 하는 것들이

영원한 질병처럼 상속되고 있다네.

대대로 물려주고 이어지지.

이곳저곳으로 슬며시 옮겨진다네.

이성은 허튼소리가 되고, 선행은 재앙이 되지.

자네가 그 후손이 된다면 슬픈 일이 아닐 수 없지.

유감스럽게도!

우리가 타고난 권리를 문제 삼는 사람은 없다네.

학생 선생님의 말씀을 들으니

법학이 더 싫어지는군요.

오, 이렇게 선생님의 가르침을 받는 사람은

얼마나 행복할까요!

그렇다면 신학은 공부하고 싶은 마음이 드는군요.

메피스토펠레스 자네를 어지럽게 하여

잘못된 길로 인도하려는 의도는 전혀 없었네.

신학이라면 잘못된 길을 피하기가

너무나 어렵다는 것이네.

그 안에는 독이 매우 많이 숨겨져 있어서,

그것을 치유하는 약과 구별하기 매우 힘들다네.

가장 좋은 방법은 이곳에서 자네가

'한' 스승의 말만을 듣고 그것을 맹신하는 것이네.

전반적으로 말을 귀히 여기게!

그리하면 안전한 문을 통해

확신의 전당으로 향하게 될걸세.

학생 하지만 말에는 그런 개념이 있어야 해요.

메피스토펠레스 그야 그렇지!

항상 걱정에만 빠져 고민할 필요는 없네.

그렇게 개념이 부족한 그곳에서

적시에 말이 떠오르니까.

그 말로 멋지게 서로 논쟁하고

그 말로 체계를 세울 수 있어.

그러니 말은 서로 믿게 만드는 데 뛰어나지.

말에서 어느 한 부분도 떼어낼 수 없어.

학생 여러모로 시간을 빼앗은 점 양해해주세요.

그런데 몇 가지 더 여쭙고 싶어요.

의학과 관련하여 뭐라고 한마디 해주시지 않겠습니까?

삼 년은 짧은 시간이죠.

그런데 그 분야는 너무 광범위합니다.

암시가 조금만 더 있어도

좀 더 분명히 느낄 수 있을 텐데 말입니다.

메피스토펠레스 (혼잣말로)

이런 건조한 어투로 말하는 것도 이제 지겹구나.

다시 악마 노릇이나 제대로 해야겠어.

(목소리를 높여) 의학의 정신은 쉽게 정의할 수 있네.

대우주와 소우주를 철저히 연구하고서는,

결국 모든 것을 신의 뜻에 따르는 학문이지.

즉, 학문적으로 아무리 노력해도

그건 헛된 수고란 말이지.

누구나 자신이 배울 수 있는 것만을 배우지.

그러나 기회를 잘 붙잡아야

진정한 사나이라 할 수 있지.

자네는 몸집도 꽤나 건장하고 뱃심도 두둑해 보이니,

자신감만 갖추면 다른 사람들이 자네를 믿고 따를 걸세.

특히 여자들을 잘 다루는 법을 터득하게.

여자들이란 늘 여기저기 아프다고 비명을 지르지만,

한 군데만 찔러주면 단번에 멀쩡해지지.

자네가 적당히 점잖게 굴면,

여자들을 모두 수중에 틀어잡을 거네.

먼저 학위를 하나 따서,

자네의 의술이 누구보다도 뛰어나다고 믿게 만들게.

다른 사람이 몇 년 동안

슬쩍 건드리기만 하던 구석구석을 반가운 양 주무르고,

맥을 짚는 법도 터득하게.

능청스럽게 뜨거운 눈초리를 보내며,

얼마나 단단히 조여졌는지 보려는 듯

늘씬한 허리를 마음껏 붙잡겠나.

학생 이제야 좀 앞이 보이는 것 같아요!

어디서 어떻게 시작해야 할지 알겠어요.

메피스토펠레스 이보게, 모든 논리는 회색이라네.

그리고 생명의 황금나무는 초록색일세.

학생 맹세컨대, 정말 꿈만 같군요.

선생님의 지혜로운 말을 듣기 위해

다음번에도 또 귀찮게 해도 될까요?

메피스토펠레스 물론이네.

학생 그냥 이대로 돌아갈 수는 없습니다.

여기 제 기념 문집을 드릴 테니

부디 몇 자 남겨주시는 영광을 부탁드립니다!

메피스토펠레스 그러도록 하지.

(방명록에 몇 자 적은 뒤 돌려준다.)

학생 (소리 내어 읽는다.)

너희들이 신과 같이 되어서,

좋고 나쁜 것이 무엇인지 알게 되리라.

(공손히 방명록을 덮고는 물러난다.)

메피스토펠레스 이래서 옛 말과

우리 뱀 아주머니 말을 따라야 한다니까.

분명 네가 신과 닮은 것 때문에 언젠가 두려워지리라!

(파우스트가 등장한다.)

파우스트 이제 우리는 어디로 향하는 건가?

메피스토펠레스 당신이 원하는 곳으로요.

우리는 우선 작은 세상을 보고 난 뒤

큰 세상을 볼 것입니다.

그 과정에서 다른 이들에게 빌붙어 배우는 것이

얼마나 즐겁고 유익한지 체험하게 될 거요!

파우스트 내 이리 수염을 길게 길러

어찌 세상을 가볍게 산단 말이더냐.

아무래도 이번 시도가 잘될 것 같지 않군.

나는 지금껏 살아오면서 세상과 어울리지 못했어.

다른 사람들 앞에서 난 움츠러드는 것만 같았지.

언제나 그랬듯이 또 당황하기만 할 걸세.

메피스토펠레스 이보시오, 내 좋은 친구.

그럴 수도 있지요.

그러나 자신을 믿기만 한다면

진정한 삶을 깨닫게 될 거라오.

파우스트   그런데 집에서 어떻게 나가지?

말하고 시종 그리고 마차는 어디에 뒀나?

메피스토펠레스   그저 이 외투만 펼치면 되지요.

그러면 이것이 공중을 가로질러

우리를 데려다주겠지요.

이렇게 대담한 발걸음을 떼는 데

큰 짐 보따리 따위는 챙기지 마요.

내가 여기 이렇게 준비하는 약간의 불꽃이

우리를 이 땅에서 공중으로 띄어줄 테니 말이오.

우리가 가벼워야 그만큼 빨리 오르지 않겠소.

새로운 인생을 시작한 걸 축하합니다!

라이프치히의 아우어바흐 주점

(웃고 떠들며 모여 있는 젊은이들 무리.)

프로슈   이제 더 마실 사람 없나?

왜 웃는 놈도 없지?

내 오늘 제대로 얼굴을 찌푸리는 법을 알려주지!

평상시는 활활 잘도 타오르는 놈들이

오늘은 물에 푹 젖은 지푸라기마냥 축 처져 있군.

브란더 그건 네 녀석한테 달려 있지.

아무것도 없잖아. 농담도 너저분한 짓거리도 말이야.

프로슈 (브란더 머리에 포도주 한 잔을 들이붓는다.)

자, 여기 두 가지 모두 대령하겠네!

브란더 에이, 이 돼지 같은 나쁜 자식!

프로슈 이런 걸 바라면 당연히 해줘야지!

지벨 싸울 놈들은 밖으로 나가!

가슴을 열고 노래를 불러라,

실컷 술을 퍼마시고 소리나 지르자!

모두 일어나라! 홀라! 호!

알트마이어 아이고, 고통이 따로 없군!

솜 좀 이리 내봐! 저 녀석이 내 귀청을 망가트리겠어.

지벨 이 둥근 천장에 소리가 쩌렁쩌렁 울려야

진정한 저음의 괴력을 느낄 수 있지.

프로슈 그래 좋아.

마음에 안 드는 놈들은 모두 나가버려!

아! 앗싸! 지화자 좋구나!

알트마이어 아! 앗싸! 그래 지화자로다!

프로슈 이제야 좀 목청이 제대로 맞는군.

(노래한다.)

신성한 로마제국이여

어찌 너는 분열되지 않느냐?

브란더 정말 역겨운 노래야!

에잇! 정치 노래라니! 재수 없는 노래야!

이제 매일 아침마다 네 따위 놈이

신성로마제국을 걱정하지 않아도 되니

신에게 감사나 해라!

내가 황제나 수상이 아니라는 게 얼마나 다행이냐.

최소한 난 그렇게 생각하지.

그래도 지도자가 없어서는 안 될 일.

교황을 선출하자고.

교황으로 추대되려면

어떤 자질이 필요한지

너희들도 잘 알지 않나.

프로슈 (노래한다.)

날아올라라, 나이팅게일 부인이여,

내 님에게 수천 번 내 안부를 전해다오.

지벨 님에게 안부는 무슨!

그 얘기는 듣고 싶지 않아!

프로슈 내 님에게 안부와 키스를 전해다오! 어서!

자네가 날 막을 수는 없으리!

(노래한다.)

빗장을 열어라! 고요한 밤에.

빗장을 열어라! 내 님이 깨어 있네.

빗장을 닫아라! 이른 아침이 오면.

지벨 좋아, 그렇게 실컷 노래해보게,

노래나 하면서 그 여자를 찬미하고 치켜세워보게나!

그러는 사이 내가 실컷 비웃어줄 그때가 오겠지.

그 여자가 날 유혹했어. 이제 너한테도 그러겠지.

그 여자는 코볼트에게 한번 당했으면 좋겠네!

코볼트가 길목에서 그녀에게 찝쩍대면 좋으련만.

늙은 산양이나 브로켄 산에서 돌아와

그 여자에게 달려들어 밤일을 해치우겠지.

진짜 살과 피를 가진 용감한 남자라고.

그런 매춘부에게는 너무 과분해.

안부 같은 소리 하고 있네.

그런 여자의 집 창문이 깨진다고 해도 난 관심 없네.

브란더 (흥분해 식탁을 쾅쾅 치며 말한다.)

주목! 주목! 모두 내 말 좀 들어봐!

이보라고, 나는 사는 게 뭔지 잘 알고 있어.

음, 사랑에 빠진 사람들이 여기 있구나.

이리 와 앉게.

이 친구들에게 이들의 지위에 딱 맞는

저녁 인사 겸 최고의 선물을 주겠네.

주목! 최신 유행하는 노래라고!

후렴은 힘차게 함께 부르세!

(노래한다.)

쥐 한 마리가 지하에 둥지를 틀었네.

기름덩이와 버터만 훔쳐먹고 살았지.

그러다 보니 배만 자꾸 불룩해져

그 모습이 꼭 루터 박사 같았다네.

여 주방장은 쥐를 잡으려 쥐약을 놓았고,

쥐약을 먹은 녀석은 온몸이 답답했지.

몸속에 사랑이 스며든 것처럼.

합창   (환호하며) 몸속에 사랑이 스며든 것처럼.

브란더 녀석은 이리저리 밖으로 안으로 들락거리네.

시궁창만 보면 모조리 들이마시지.

온 집 안을 이빨로 쓸고 할퀴었지만

아무리 해도 그 고통은 어쩔 수 없다네.

겁에 질려 깡충깡충 뛰어다니다가

가련한 이 짐승 어느새 지쳐버렸지.

몸속에 사랑이 스며든 것처럼.

합창   몸속에 사랑이 스며든 것처럼!

브란더 어느 눈부신 낮 두려움에 떨며

부엌으로 허겁지겁 뛰어들어왔지.

아궁이 앞에 쓰러져 발버둥치다

가엾게도 숨을 헐떡거렸다네.

이걸 본 주방장이 싱긋 웃으며 하는 말,

이런! 이놈이 아주 절정에 달했군,

몸속에 사랑이라도 스며들었나 봐.

합창 몸속에 사랑이 스며든 것처럼!

지벨 멍청한 자식들, 저 노래를 좋아하는 꼴 좀 봐!

가엾은 쥐에게 쥐약이나 놓는 게

딱히 뭐라도 되는 기술인듯 구는군!

브란더 너, 쥐들하고 애틋한 사이라도 되나 보지?

알트마이어 똥배나 불룩한 저런 대머리 자식!

그새 여자한테 차이더니 마음까지 약해졌네!

뚱뚱한 쥐를 보며 자기 모습을 보는가 보군.

(파우스트와 메피스토펠레스가 등장한다.)

메피스토펠레스 이제 무엇보다 우선 당신에게

유쾌한 동료들을 데려오겠소.

흥겨운 술자리로 안내하죠.

사람들이 얼마나 쉽게 삶을 대하는지 좀 보세요.

이런 사람들이야 하루하루가 축제랍니다.

재주는 없어도 흥은 많아서

새끼 고양이가 제 꼬리를 잡으려는 듯

모두가 함께 뱅뱅 돌며 춤을 추지요.

이튿날 숙취만 없고,

주인이 계속 외상으로 술을 준다면,

걱정할 일이 뭐가 있겠어요.

그저 모든 게 만사형통이지요.

브란더 저들은 여행객인가 보네.

차려입은 모양만 봐도 금세 알 수 있지.

이곳에 온 지 한 시간도 되지 않았나 보군.

프로슈 그러네. 자네 말이 옳아!

우리 라이프치히 자랑 좀 하세!

이곳은 작은 파리, 시민들로 구성된 학교지.

지벨 네 눈엔 저 낯선 이들이

뭐하는 자들인 것 같나?

프로슈 내가 가보지!

가득 따른 술 한 잔 퍼먹이면

어린아이 이빨 뽑듯

녀석들의 가슴속에서

비밀을 금세 끌어낼 수 있으니까.

귀한 명문가 출신들 같은데,

거만하고 저 인상 찌푸리는 꼴 좀 보게.

브란더 저들은 허풍선이들이야.

내기를 걸겠다!

알트마이어 그럴지도 모르지.

프로슈 잘 보라고,

내 저들에게 허세 좀 부려보지.

메피스토펠레스 (파우스트에게)

이 사람들은 악마를 전혀 알아보지 못하죠.

악마가 멱살을 잡는다 해도 말이죠.

파우스트 이보시오, 안녕하시오들!

지벨 안녕하십니까.

(곁눈으로 메피스토펠레스를 흘깃 바라보며 나지막한 목소리

로 말한다.)

저 놈은 다리 한쪽을 저는 건가?

메피스토펠레스 잠시 합석해도 될까요?

뭐 좋은 술은 같이 못한다 해도

합석이나 해서 한번 즐겨봅시다.

알트마이어 당신들은 꽤 고급에

길들은 사람들 같소만.

최근 리파프에 오래 머물었나 보오.

한스 씨하고 오밤중에 식사라도 한 거요?

메피스토펠레스 오늘은 그 사람 집에는

들르지 못했네요.

지난번 여행 때 많은 얘기를 나눴지요.

사촌들 얘기를 꽤 많이 했어요.

당신들한테 안부를 전하라 하더군요.

(프로슈에게 몸을 숙이며)

알트마이어　(나지막한 목소리로)

자네 봤나! 뭘 좀 아는 녀석이로군!

지벨　머리를 꽤 쓰나 보군!

프로슈　조금만 기다려보게,

내가 본때를 보여주지!

메피스토펠레스　내가 잘못들은 게 아니라면

훌륭한 합창 소리가 들렸던 것 같은데요?

확실히 이곳을 보니 이 둥근 천장 아래서

노랫소리가 메아리치겠어요!

프로슈　당신이 음악의 거장이라도 된단 말이오?

메피스토펠레스　오, 아닙니다!

음악을 매우 좋아하지만 기교는 미약하답니다.

알트마이어　노래 한 곡 해보시오!

메피스토펠레스　그리 원한다면,

여러 곡이라도 부르지요.

지벨　아주 따끈따끈한 최신 곡 하나면 충분하오!

메피스토펠레스　우리는 막

스페인에서 돌아오는 길이지요.

포도주와 노래가 가득한 그 아름다운 나라에서요.

(노래한다.)

옛날 어느 왕이 살았는데

커다란 벼룩 한 마리를 길렀다네.

프로슈 잘 좀 들어봐! 벼룩이라고?

제대로 얘기한 건가?

벼룩이라면 나한테는 깨끗한 손님일세.

메피스토펠레스 (노래한다.)

옛날 어느 왕이 살았는데

커다란 벼룩 한 마리를 길렀다네.

왕은 자기 아들처럼 아주 귀히 여기며

넘치는 애정을 베풀었지.

어느 날은 벼룩을 위해 재단사까지 불렀다네.

이 젊은이의 상의 치수를 재라.

바지도 재서 한 벌 만들라.

브란더 잊지 말고 재단사에게 단단히 일러야 해요.

치수를 잴 때 아주 정확히 재라고.

머리가 온전히 붙어 있기를 바란다면

바지에 주름 하나 없어야 한다고!

메피스토펠레스 벼룩은 벨벳과 비단으로

화려하게 차려입었지.

어깨에는 휘장도 두르고

거기에 십자훈장도 달았네.

금세 장관 자리에도 오르고,

그리고 큰 별도 하나 달았지.

형제자매들까지 모두 금세

궁중에서 요직에 올랐다네.

궁중의 신사숙녀들,

온갖 수난을 다 당한다네.

왕비와 왕비의 시녀들도

모두 물어뜯겼다네.

그래도 으깨 죽이지 못하지.

어서 쫓아버리지도 못하고.

합창 (환호하며) 그렇지만 우리는 벼룩이 물면

당장 으깨서 죽여버린다네.

프로슈 좋아! 아주 좋아!

노래 한번 아주 멋지군!

지벨 벼룩이란 벼룩 모조리 잡아버려야겠어!

브란더 손을 뻗어 아주 섬세하게 짓이겨버리라고!

알트마이어   자유여, 원하라! 포도주여, 원하라!

메피스토펠레스 나 역시도 자유를 위해

　　　　건배하고 싶지 않겠소.

　　　　당신들의 포도주가 조금만 더 괜찮았다면 말이죠.

지벨 그딴 소린 다시 하지 말라고!

메피스토펠레스 술집 주인이 욕하지만 않는다면

　　　　이 소중한 손님들에게

　　　　우리 지하 창고의 최고의 술로 대접할 텐데.

지벨 어서 내놓기나 해보슈!

　　　　내가 모두 알아서 할 테니.

프로슈 좋은 술이 있다면 한 잔씩 돌려보라고.

　　　　우리가 칭찬해줄 테니.

　　　　하지만 맛보기 정도로는 턱도 없소이다.

　　　　내 맛을 제대로 판단하려면

　　　　우선 입안 가득히 채워야 할 테니 말이오.

알트마이어   (나지막이)

　　　　내 보기에 저 사람들 라인 출신인 것 같으이.

메피스토펠레스 송곳 하나만 가져오시오!

브란더 송곳으로 뭘 하려고?

　　　　문 앞에 술통이라도 그득히 가져다놓았나?

알트마이어   저 안쪽에 이 집주인이

   공구를 담아놓은 바구니가 있소.

메피스토펠레스 (송곳을 집어 들고서 프로슈에게)

   이제 말해보시오. 어떤 술을 맛보고 싶소?

프로슈 그게 무슨 소리요? 정신이 나갔소?

   아니면 술이 그리 다양한 것이오?

메피스토펠레스 내 모두에게

   원하는 대로 공짜로 주리다.

알트마이어   (프로슈에게) 아하, 벌써 넌

   입맛을 다시는 거야?

프로슈 좋아! 고르라면 나는 라인 포도주를 원하오.

   우리 조국이 선사한 최고의 선물 아니겠어.

메피스토펠레스

   (프로슈가 앉았던 그 자리로 가 식탁 가장자리에 구멍을 뚫는다.)

   코르크를 만들려 하니 랍을 좀 가져다주시오!

알트마이어   아, 이건 마법인 것 같은데.

메피스토펠레스 (브란더에게) 당신은 뭘 원하오?

브란더 난 샴페인을 원하오.

   신선한 거품이 풍성하게 이는 걸로!

(메피스토펠레스는 식탁에 또 구멍을 뚫는다. 그동안 누군가 랍 코르

크를 만들어 그곳을 막는다.)

　　　外国 것이라고 항상 배척할 수만은 없지요.

　　　좋은 물건은 대부분 저 멀리서 나는 법이오.

　　　진정한 독일 남자라면

　　　프랑스 놈들을 끔찍이도 싫어하지만

　　　그들이 만든 포도주는 언제나 즐겨 마시지.

지벨　(메피스토펠레스가 그의 자리로 다가오자)

　　　내 솔직히 말해 시큼한 포도주는 질색이오.

　　　내게 정말 달콤한 포도주 한 잔을 주시오!

메피스토펠레스　(식탁에 구멍을 뚫는다.)

　　　곧 토카이 산 포도주가 흘러나올 거요.

알트마이어　아니오, 이보게들,

　　　모두 내 눈 좀 똑똑히 보게!

　　　보아하니, 당신 지금 우리를 놀리고 있는 게 아닌가.

메피스토펠레스　아이고! 나 원!

　　　이렇게 귀한 손님들에게

　　　감히 그런 수작을 부릴 수 있겠어요?

　　　어서요! 빨리 말해봐요! 어떤 포도주를 드릴까요?

알트마이어　아무거나 줘요! 더 이상 물어보지 말고.

　　　(식탁마다 구멍을 뚫은 다음 마개로 막아 놓고서는)

메피스토펠레스 (이상한 몸짓으로)

포도나무에는 포도송이!

산양머리에는 뿔!

포도주는 즙,

포도넝쿨은 나무,

나무 식탁이여,

내게 포도주를 다오.

자연의 비밀을 깊이 꿰뚫어보라!

이곳에 기적이 있으니, 믿어라!

이제 마개를 뽑고 실컷 즐기시오!

모두 (마개를 뽑으니 각자 원하는 포도주가 술잔을 향해 흐른다.)

오, 아름다운 샘이여, 우리를 향해 흐르는구나!

메피스토펠레스 조심해요,

한 방울도 흘리지 않도록 말이죠!

(그들은 다시 술을 들이켠다.)

모두 (노래한다.)

우리 이렇게 흥이 넘쳐흐르고 신이 나니

축제에 온 듯 좋구나,

마치 오백 마리의 돼지들 같구나.

메피스토펠레스 백성은 이리 자유로워요.

한 번 보세요, 얼마나 좋아들 하는지!

파우스트 난 이제 그만 떠나면 좋겠군.

메피스토펠레스 이제 주목해보세요.

녀석들의 잔인함이 이제 그 모습을

만천하에 들어낼 테니 말이오.

지벨 (조심하지 않고 술을 마신다. 포도주가 바닥에

흘러내리더니 불꽃이 일며 불이 붙는다.)

사람 살려! 불이야! 사람 살려! 지옥처럼 불타올라요!

메피스토펠레스 (불에게 명령한다.) 진정해라.

이 사랑스런 원소야!

(그 젊은 무리들에게) 이번에 본 것은

단 한 방울만큼의 정죄의 불길이야.

지벨 그게 뭔 소린가? 두고 봐!

아주 비싼 대가를 치르게 하겠어!

네 녀석들이 우리가 누군지 잘 모르나 본데.

프로슈 다시 또 한다고! 그만두는 게 좋을 걸!

알트마이어 내 생각에 저 녀석들

조심스레 보내버리는 게 좋겠어.

지벨 뭐라고? 네 녀석이 여기서

감히 또 마술 따위를 부려보겠다는 건가?

메피스토펠레스 잠잠해져라. 이 늙은 포도주 통아!

지벨 이 빗자루 같은 놈아!

감히 네놈이 우리와 한번 붙어보겠다는 건가??

브란더 잠깐 기다려! 내 두들겨 패줄 테니!

알트마이어 (식탁에서 마개를 뽑는 순간 불길이 그에게 쏟아진다.)

나 불이 붙었어! 불이 붙었다고!

지벨 이건 마술인가! 모두 덮쳐버려!

저런 놈은 법에도 위배되지 않으니까!

(칼을 들고 메피스토펠레스를 향해 달려든다.)

메피스토펠레스 (진지한 몸짓으로)

거짓 형상과 거짓말아,

생각과 장소를 바꿔라!

이곳저곳에 가 있어라!

(무리들은 서로 놀란 표정으로 바라본다.)

알트마이어 여기가 어디지? 아주 아름다운 곳이로군!

프로슈 포도밭이군! 이거 내가 제대로 본 거 맞지?

지벨 포도송이가 손에 닿을 듯해!

브란더 여기 푸른 잎사귀 아래를 좀 봐,

포도넝쿨이 멋지군! 포도송이가 매우 탐스러워!

(그는 지벨의 코를 덥석 움켜쥔다. 다른 사람들도 서로 코를 움켜쥐고 같은 행동을 한다. 그리고 갑자기 칼을 들어 올린다.)

메피스토펠레스 (아까처럼 진지한 몸짓으로)

착각아, 녀석들의 눈가리개를 풀어라!

그러면 악마의 유희가 어떤지 똑똑히 알게 되리라.

(파우스트와 함께 사라진다. 젊은 무리들은 서로에게서 떨어진다.)

지벨 대체 어찌 된 일이야?

알트마이어 어떻게 이럴 수가?

프로슈 이거 네 코인가?

브란더 (지벨에게) 내가 쥐고 있던 게 자네 코라니!

알트마이어 벼락같았어.

사지를 관통하는 것 같았다고!

어서 의자 좀 가져와, 나 쓰러질 것 같아!

프로슈 말도 안 돼. 도대체 이게 무슨 일이지?

지벨 그놈은 어디 있는 거야?

그놈을 찾아내기만 하면 살아서 돌아가게 하지 않겠어!

알트마이어   내가 지하 창고 문밖으로

나가는 걸 봤는데 말이지.

술통 위에 타려 하더라고.

내 다가가려고 하니

다리가 납덩이처럼 무거워지지 않겠어.

(식탁 쪽으로 눈길을 돌리며)

맙소사! 포도주가 아직도 흘러나올까?

지벨   모든 게 다 속임수야. 거짓말에 허상이었어.

프로슈   그런데 진짜로 포도주를 마시는 것만 같았어.

브란더   하지만 포도송이는 어떻게 한 거지?

알트마이어   이래도 이 세상에

기적은 없다고 말할 텐가!

마녀의 부엌

(낮은 화덕, 불 위에는 큰 솥이 걸려 있다. 솥에서 김이 모락모락 피어
오르며 그 연기 속에 다양한 형상들이 나타난다. 암컷인 긴꼬리원숭
이 한 마리가 솥 주변에 앉아 거품을 걷어내며 솥이 넘치지 않게 젓고
있다. 옆에는 수컷 원숭이가 새끼들과 앉아 불을 쬐고 있다. 사방의

벽과 천장에는 마녀가 쓰는 괴상한 소품들이 가득하다.)

(파우스트, 메피스토펠레스)

파우스트　나는 마법 따위가 진짜 싫어!

　　　이런 미치광이 같은 짓을 해야

　　　내가 새로운 즐거움을 맛볼 수 있단 말인가?

　　　내 저 늙은 노파에게 조언을 구해야 하나?

　　　개나 먹음직한 이 더러운 음식이

　　　내 몸에서 삼십 년을 덜어준단 말이냐.

　　　이게 네가 할 수 있는 최선이라면

　　　내 희망은 사라진 거나 다름없다.

　　　자연이나 그 밖의 고상한 정신이

　　　고작 그런 물약 하나 만들지 못했단 말인가?

메피스토펠레스　내 친구여,

　　　이제야 다시 이성적으로 말하는군요!

　　　자연 요법으로 다시 젊어지는 방법도 있긴 해요.

　　　그런데 그건 다른 책에 나오죠. 아주 놀라운 장이요.

파우스트　그걸 알고 싶다.

메피스토펠레스　좋아요! 그 방법에는

　　　돈이고 의사고 마법이고 다 필요 없어요.

당장 들판으로 나가, 곡괭이를 들고 땅을 파란 말이에요.

그러다 보면 어느 순간 깨달음을 얻지요.

절제하고 당신의 마음을 매우 협소한 공간에서

아무것도 섞이지 않은 자연식으로 배를 채우고,

가축들과 더불어 가축처럼 살면서,

당신이 수확할 경작지에 직접 거름을 주는 것을

부끄럽게 여기지 않는 거죠.

내 생각에는 이게 최상의 방법이에요.

여든 살까지 젊게 사는 비법이랍니다!

파우스트   나는 그런 일에 익숙하지 않네.

손에 삽을 들기도 어려울 것 같고.

그리 협소하고 답답한 생활도 내게 어울리지 않지.

메피스토펠레스 그렇다면 마녀의 힘을 빌려야죠.

파우스트   하필이면 왜 이 늙은 마녀인가!

자네가 그 물약을 직접 제조하면 안 되는가?

메피스토펠레스 그거야말로 시간 낭비랍니다!

그 시간이면 난 다리를 수천 개라도 놓을 거요.

그런 일을 하려면 예술과 학문뿐만 아니라

인내심이 필요하지요.

차분한 마음으로 수년 동안 공을 들여야 해요.

충분한 시간을 두고

최상의 것이 나오도록 발효시켜야 하죠.

거기다 여기 쓰이는 모든 재료는

전혀 아름답지 못한 것들뿐이지요.

악마가 마녀에게 가르쳐주긴 했지만

악마 자신은 못 만든다는 걸 깨달았으니까요.

(짐승들을 흘깃 쳐다본다.)

저 사랑스러운 암컷 좀 봐요!

이게 하녀고, 저게 하인이지요.

(짐승들에게) 보아하니 마녀가 집에 없나 보구나?

짐승들　잔칫집에 갔지요.

저 굴뚝으로 집을 빠져나갔답니다!

메피스토펠레스　마녀가 얼마나 있다가 돌아오느냐?

짐승들　우리가 손발을 따뜻하게 덥히는 동안은 그래요.

메피스토펠레스　(파우스트에게)

이 귀여운 짐승들은 어떤가요?

파우스트　이렇게 하찮은 것들은 내 생전 처음이야!

메피스토펠레스　지금 그런 대화가

사실 내가 가장 좋아하는 부류죠.

(짐승들에게)

어서 내게 말해라. 저주받은 꼭두각시들아!

이 탕약 속에서 부글부글 끓고 있는 이것은 대체 뭐냐?

짐승들 허섭스레기 죽을 끓이고 있습니다.

메피스토펠레스 떼로 몰려오겠구나.

수원숭이 (메피스토펠레스에게 다가와 몸을 부비며 아양을 떤다.)

　　　　오, 어서 주사위를 던져요.

　　　　그리고 날 부자로 만들어줘요. 내가 이기게 해줘요!

　　　　모든 게 엉망이에요.

　　　　돈이 있다면, 진정한 판단을 내리련만.

메피스토펠레스 저 원숭이가

　　　　복권 살 돈만 있다면 얼마나 행복해할까!

(한 긴꼬리원숭이 새끼가 커다란 구슬을 가지고 놀다 그것을 앞으로 굴리며 걸어 나온다.)

수원숭이 세상이란 그렇지요,

　　　　오르락내리락하며 끊임없이 구르지 않습니까.

　　　　유리처럼 소리가 나면 구슬은 곧 깨지겠죠!

　　　　속이 비어서 그래요.

　　　　이곳은 빛나 보이고 다른 쪽은 더 그렇죠.

　　　　내가 살아 있으니까!

　　　　사랑하는 내 아들아, 구슬에서 손을 떼라,

　　　　잘못하면 너는 죽을 수밖에 없어!

구슬은 점토로 되어 사금파리가 될 거야.

메피스토펠레스 저기 저 체는 무엇이더냐?

수원숭이 (체를 끄집어내린다.)

당신이 만약 도둑이라면 곧바로 알아챌 수 있어요.

(암컷에게 달려가 체를 살펴본다.)

어서 체를 한 번 바라봐!

도둑을 알아채도 도둑이라고 하면 안 돼!

메피스토펠레스 (불가로 다가가며)

그럼 이 냄비는 뭐지?

수원숭이, 암원숭이 어리석은 멍청이로군!

냄비도, 솥도 분간하지 못하네!

메피스토펠레스 이 고약한 짐승들 같으니!

수원숭이 여기 먼지떨이를 가져가 의자에 앉아봐요!

(그는 메피스토펠레스에게 앉으라고 거듭 권한다.)

파우스트 (그 시간 거울 앞에 서서 앞으로 다가갔다 뒤로

물러섰다를 반복한다.)

저게 뭐지? 천상의 아리따운 광경을

이 마법의 거울이 내게 비추는구나!

오, 사랑아, 어서 빨리 네 날개를 내게 빌려다오.

그리고 나를 그녀가 있는 광야로 인도해라!

아, 내가 만약 이곳에 머물지 않고,

대담하게 가까이 가려 시도하면,

그녀의 모습이 안개 속으로 사라지는구나!

여인이 어찌 저리 아름다울 수 있을까!

저 늘씬한 육체에 하늘나라의 온갖 정수가

들어 있는 것이 아닐까?

천상의 모든 것을 보여주는 화신이 지상에도 있을까?

메피스토펠레스 그럼요, 신께서 엿새 동안 애쓰시다,

결국 마지막에 가서 흐뭇해 하셨죠.

그렇다면 분명 뭔가 근사한 게 있었겠죠.

이번만큼은 만족한 것처럼 보이는군요.

작은 농담이라도 던질 줄 아니.

당신에게 그런 애인을 구해드리지요.

그런 애인을 집에 데려갈 수만 있다면!

분명 복 받은 겁니다.

(파우스트는 계속해서 거울을 들여다본다. 안락의자에 기댄 메피스토
펠레스는 먼지떨이를 만지작거리며 계속 말을 이어간다.)

여기 이 몸은 왕좌에 앉은 왕이나 다름없군.

왕홀 또한 여기 있으나, 왕관이 부족해.

짐승들 (지금껏 서로 뒤엉켜 여러 요상한 움직임을 보이던 짐승들이

큰 소리를 지르더니 메피스토펠레스에게 왕관을 가져온다.)

오, 부디 은혜를 베푸시어,

당신의 땀과 피로 아교 삼아 이 왕관을 붙여주시오!

(왕관을 미숙하게 다루더니 두 동강이를 내고 그 조각들을 들고 법석을 친다.)

이제 큰일 났어!

우리는 연설을 하고 보기도 하네,

우리는 듣기도 하고 시를 짓기도 하지.

파우스트 (거울을 향해)

아아, 고통스럽구나! 미칠 것만 같다.

메피스토펠레스 (짐승들을 향해)

이제 내 머리도 흔들대기 시작하는군.

짐승들 우리 운이 좋다면

그것이 우리의 운명이라면 무슨 생각이 날 거예요!

파우스트 (위에서처럼 거울을 보며)

내 심장이 타들어가는 것 같아!

이제 그만 이곳을 떠나자고!

메피스토펠레스 (위에서처럼 짐승들을 가리키며)

이 녀석들이 정말 시인이라는 걸

최소한 인정하지 않을 수 없겠어.

(암원숭이가 잠시 돌보지 않은 새 솥이 넘치기 시작해 불꽃이 일더니 굴뚝 속으로 크게 번진다. 마녀는 고통스러운 소리를 지르며 불길을 뚫고 굴뚝에서 내려온다.)

마녀   아야! 아야! 아야! 아야!

이 망할 짐승! 저주스러운 암퇘지야!

왜 솥을 제대로 안 봐! 이렇게 불에 데게 만들다니!

이 지긋지긋한 짐승 같으니라고!

(파우스트와 메피스토펠레스를 바라본다.)

여기 이것들은 뭐야?

당신들은 누군데 이곳에 있는 거지? 여긴 왜 왔어?

여길 어떻게 슬그머니 기어들어 온 거야?

화염의 고통을 온몸에 맛보게 해주지!

(마녀는 거품을 걷던 국자를 솥에 담갔다 꺼내서는 파우스트와 메피스

토펠레스 그리고 짐승들에게 불꽃을 뿌린다. 짐승들은 신음한다.)

메피스토펠레스 (손에 쥐고 있는 먼지떨이를 거꾸로 쥐고 유리병과

항아리들 사이를 되는 대로 후려치며 말한다.)

부서져라! 부서져라! 저기 죽을 한바탕!

저기 그릇을 와장창! 이 정도야 식은 죽 먹기.

이 망할 것아, 네 노랫소리에 맞추는 박자일 뿐이다.

(마녀가 화들짝 놀라 공포로 뒷걸음친다.)

나를 모르느냐? 이 해골바가지! 흉측한 물건아!

네 주인도 몰라? 지배자도 못 알아봐?

난 거칠 게 없으니 아주 모조리 공격해주지,

너와 네 원숭이 족속들 모두를!

이 붉은 조끼 앞에서 더 이상 예의를 갖추지 않는 게냐?

이 수탉의 깃털도 눈에 보이지 않느냐?

내가 얼굴이 보이지 않게 가렸던가?

내 스스로 내 이름을 말해야 하느냐?

마녀 아이고, 주인님.

이 무례한 인사를 용서하시지요!

말굽을 보지 못했답니다.

주인님의 두 까마귀는 어디에 있죠?

메피스토펠레스 이제야 알아보는군.

하긴 우리가 못 본 지 꽤 되었으니까.

게다가 문화가 온 세상을 핥아서

그 향이 악마에게까지 끼쳤어.

북방의 유령은 어디서도 그 모습이 보이지 않으니.

뿔이나, 꼬리 발톱, 도대체 뭘 보는 거람?

말굽도 놓아버리기는 좀 아쉽지만,

그런 걸 사람들이 좋아할 리가 없어.

그러다 보니 젊은이들이 하듯이,

몇 년 전부터 가짜 장딴지를 사용하고 있지.

마녀 (춤을 추며)

이거 정말 정신이 없으니

제대로 생각할 수도 없을 지경이에요.

귀족이신 사탄 나리를 여기서 다시 뵙다니요!

메피스토펠레스 이런 여편네야,

그 이름을 입에 올리지 말거라!

마녀 왜 그러시나요?

이름 때문에 주인님께 무슨 해라도?

메피스토펠레스 그 이름은 이미 오래전에

동화책 속으로 사라졌어.

그래도 인간들은 나아진 게 하나도 없지.

악마로부터 해방되었어도

악한 인간은 그대로니 말이야.

나를 남작님이라 부르게. 그게 좋겠어.

나도 다른 신사들처럼 그저 신사일 뿐이야.

물론 내 고귀한 혈통이야 의심할 여지가 없지.

자, 여기 내가 사용하는 문장을 보라!

(음란한 제스처를 취해 보인다.)

마녀   (깔깔대고 웃으며)

아니, 원! 그렇죠, 그게 당신의 방식이지요!

당신은 정말 장난꾸러기세요. 언제나 그랬듯이!

메피스토펠레스   (파우스트에게)

이게 바로 마녀를 대하는 방식이지요.

이봐요, 친구, 잘 좀 보고 배워봐요!

마녀란 바로 이렇게 다루는 거요.

마녀   어르신들, 이제 말해보시지요.

어쩐 일이시지요?

메피스토펠레스   소문난 그 물약이 한 잔 필요해!

가장 오래 묵은 걸로 가져오게!

오래 묵으면 그만큼 효험이 강해지니까.

마녀   여부가 있나요! 여기 한 병이 있습니다.

때때로 저도 한 모금씩 애용하지요.

최소한 악취는 나지 않는답니다.

기꺼이 한 병 권하고 싶군요.

(나지막한 목소리로)

하지만 이 양반이 준비되지 않은 상태에서

마신다면 잘 아시다시피,

한 시간도 목숨을 부지하지 못할 거예요.

메피스토펠레스 이 친구는 좋은 사람이야.

약이 아주 잘 들을 거라고.

이 부엌에서 아끼지 말고

가장 최고의 것을 대령해드리도록 해.

원을 그려놓고서 주문을 외우게.

그러고 나서 이분께 한 잔 가득

마법의 물약을 따르라고.

마녀 (마녀는 괴상한 몸짓으로 원을 그리더니 그 안에 희한한 물건
들을 넣는다. 그러는 동안 유리잔들이 쨍그랑 소리를 내고 솥
에서 부글부글 소리가 나며 음악이 울려 퍼진다. 마지막으로
마녀는 커다란 책을 하나 들고 오고, 원숭이들을 원 안으로 몰
아넣는다. 원숭이들은 책상 역할을 하면서 횃불도 들고 있다.
마녀는 파우스트에게 어서 안으로 들어 오라고 신호한다.)

파우스트 (메피스토펠레스에게)

아니, 말 좀 해봐. 이게 도대체 무슨 짓인가?

미쳐 날뛰는 저 몸짓은 뭐고,

도대체가 이건 정신 나간 짓거리 아닌가?

이미 내가 잘 알고 있는

세상에서 가장 어리석은 속임수야.

이런 거라면 오래전부터 충분히 증오해왔지.

메피스토펠레스 아이고, 재미로 하는 거요!

그저 웃자고 하는 일이잖소.

그러니 너무 그리 고지식하게 굴지 마시오!

마녀도 의사니까 주문을 외워야 해요.

저 물약이 당신에게 잘 들도록 말이죠.

(파우스트가 원 안으로 들어가게 억지로 밀어넣는다.)

마녀 (강한 어조로 책을 보며 주문을 낭독하기 시작한다.)

자, 잘 들어보라!

하나에서 열을 만들고

둘을 빼버리면 셋이 되느니,

그러면 당신은 부자가 되리라.

넷을 버려라!

다섯과 여섯에서,

마녀의 말대로,

일곱과 여덟을 만들면,

그걸로 완성이 된다.

그래서 아홉은 일이요,

그리고 열은 영이 된다.

이것이 바로 마녀의 구구단!

파우스트 분명 저 노파가

제정신이 아닌 것처럼 보이는군.

메피스토펠레스 오래 걸리진 않을 것이오.

저 책 전체가 저런 소리로 가득하죠.

나도 여태 저런 책에 빠져 시간 좀 낭비했죠.

거기 쓰여 있는 말도 안 되는 소리는

어리석은 자들만큼이나 똑똑한 사람들에게도

신비롭기만 하니까요.

친애하는 나의 친구여,

저 수법은 낡기도 했지만 새롭기도 하죠.

매 순간 저런 식으로 존재했어요.

셋이 하나요, 하나가 셋이요.

하면서 진리가 아닌 오류를 세상에 퍼뜨리지요.

저렇게 나지막이 지껄이며 세상을 가르쳐요.

누가 이런 멍청이들과 관계를 맺으려 하겠어요?

사람들은 대개 아무 말이나 들어도

깊게 생각해보지도 않고

그 안에 의미가 있다 생각하니까요.

마녀   (계속한다.)

이 학문 속에 숨겨진

높고 고귀한 힘은

이 세상 아무도 모르나니!

생각을 그친 자에게만

이 힘은 선사되리라.

그만이 이 힘을 간직하리라.

파우스트   저 노파가 말도 안 되는 말을

지껄이는 건가? 듣기만 해도 머리가 터질 것 같군.

수십만 명의 멍청이들이

떼거지로 부르짖는 합창처럼 들린다.

메피스토펠레스   그 정도면 충분하다, 충분해!

오, 멋진 무당.

아! 네가 만든 물약을 가져와 이 잔에 가득히 채워라.

이 물약이 내 친구에게 아무런 해가 되지 않으리라.

신분이 높은 분이라 마시더라도 아무 문제가 없으리라.

(여러 의식을 행하던 마녀가 잔에 담긴 물약을 가져온다. 파우스트의 입

에 대자 약한 불꽃이 일어난다.)

메피스토펠레스   단숨에 쭉! 들이켜요.

마음속에 저절로 기쁨이 가득 찰 테니.

악마들하고 함께 어울리는 분이,

그 조그마한 불꽃 앞에서 망설이나요?

(마녀는 원을 지우고 파우스트가 원 밖으로 나온다.)

이제 나와요! 지금은 쉴 여유가 없어요.

마녀 약이 잘 듣기를 바랄게요!

한 모금이지만 편해지실 거예요.

메피스토펠레스   (마녀에게)

그리고 네가 편하도록 말이지.

발푸르기스에서 쓸 말이 필요한데.

마녀   여기 이 노래를 쓰셔요!

가끔 불러주면 특별한 효능을 체험하실 수 있어요.

메피스토펠레스   (파우스트에게)

자, 어서 서둘러요. 내가 인도할 테니까요.

효능이 몸 안팎으로 잘 스며들려면

땀을 제대로 내야 해요.

신선처럼 노는 고귀한 나태함을 내 가르쳐줄게요.

금세 마음속에서 사랑의 신이 뛰어다니는 걸 느끼며

황홀감에 빠질 거랍니다.

파우스트　그 거울 안을 좀 더 들여다보게 해주시오!

저 여인의 모습이 너무나 아름답지 않소!

메피스토펠레스　아니! 아니에요!

여자들 중 가장 표본이라 할 수 있는

멋진 여자를 살아 있는 모습으로

이제 곧 보게 될 텐데요.

(나지막이 말한다.)

그 물약을 들이켰으니

모든 여자가 다 헬레네처럼 보이겠지.

길거리

(파우스트, 마르가레테 곁을 지나가며)

파우스트　아름다운 아가씨,

감히 이 팔로 팔짱을 끼고,

집까지 당신을 에스코트해도 될까요?

마르가레테   전 아가씨도 아니고 아름답지도 않아요.

　　　　그리고 배웅해주시지 않아도 혼자 집에 갈 수 있답니다.

(그녀는 뿌리치며 서둘러 길을 떠난다.)

파우스트   이럴 수가! 저 아이는 너무나 아름답구나!

　　　　이렇게 아리따운 여인은 단 한 번도 본 적이 없다.

　　　　정숙하고 착하기까지 해.

　　　　게다가 새침한 면도 있지 않은가.

　　　　새빨간 입술에 뺨에는 홍조를 띄고,

　　　　내 평생 오늘 일을 잊을 수 없으리라!

　　　　그녀가 두 눈을 살며시 내리깔던 모습이

　　　　내 심장에 깊숙이 새겨지고,

　　　　냉정하게 뿌리치던 그 모습에

　　　　이렇게 넋을 잃을 수밖에 없구나!

(메피스토펠레스가 등장한다.)

파우스트   좀 들어보게.

　　　　자네가 그 여인을 좀 데려와주게!

메피스토펠레스   좋아요. 어떤 여자를 말하는 거죠?

파우스트   방금 지나갔잖아.

메피스토펠레스   저기 저 여자 말인가요?

저 처녀는 죄를 사하여 준다는 말에 혹해

사이비 성직자들을 만나고 오는 길이지요.

나는 그녀의 자리 쪽으로 바짝 다가갔어요.

정말 순진하기 짝이 없는 처녀더라고요.

정말 별것도 아닌 일을 가지고 고해 성사를 하더라고요.

그만한 일도 아닌데.

그런 처녀는 나도 어떻게 손써볼 방도가 없소!

파우스트   분명 열넷은 넘었겠지.

메피스토펠레스   천하의 난봉꾼 한스가

노래하듯 말하는군요.

한스는 사랑스런 꽃이라면 모두 다 가지려 했죠.

물론 순진한 처녀라고 해서 예외는 아니죠.

그에게는 꺾지 못할 것이 아무것도 없어요.

그렇다고 세상만사 다 자기가 바라는 대로 되나요.

파우스트   고매하신 로베잔 석사님,

쓸데없는 율법 이야기라면 그만두시오!

내 짧고 분명히 말하지.

달콤하고 젊음이 넘치는 저 처녀를

오늘 밤 내 품에 안지 못하면

자정에 너와 난 여기서 끝이라네.

메피스토펠레스 우선 무슨 일이 벌어질지

생각 좀 해봐요!

기회를 엿보며 파악하는 데만

적어도 열흘하고도 사나흘이 걸려요!

파우스트 나한테 자유 시간을 일곱 시간만 주면

악마의 도움이 없어도 저런 젊은 여인네야

얼마든지 유혹할 수 있어.

메피스토펠레스 당신 지금 말투가

완전 프랑스 놈이나 다름없군요.

부탁이니 화는 내지 마요.

그렇게 쉽게 즐기면 무슨 재미가 있겠어요?

여기저기서 가지고 놀면서

온갖 수작을 다 해봐야 즐거움이 더 오래가지 않을까요?

인형을 반죽해서 요리를 하면요?

로만 민족의 소설들이 가르쳐주듯이.

파우스트 그런 것 없어도 내 식욕은 충분하다.

메피스토펠레스 이제 불평은 그만하죠.

농담이 아니라 분명 단언컨대,

아리따운 아이를 유혹하는 일이란

그리 속전속결이 될 수 없지요.

막무가내로는 절대 취하지 못해요.

우선 계략을 잘 짜야 해요.

파우스트   그럼, 천사들의 보물들 중

뭐라도 가져와 봐!

그리고 그녀가 쉬는 잠자리로 날 데려다줘!

그녀의 가슴에서 목도리를 가져다줘.

내 사랑의 욕구를 불타오르게 할 가터벨트라도!

메피스토펠레스   당신의 욕구를 당겨주고 또 채우는데

내가 얼마나 쓸모 있는지 보고 싶은 거로군요.

한순간도 시간을 지체하지 않을게요.

내 오늘 안으로 그녀의 방으로 데려다줄 테니 말이요.

파우스트   그럼, 그녀를 만날 수 있어?

안아도 되나?

메피스토펠레스   물론 아니지요!

지금은 옆집 이웃, 그녀의 집에 있을 겁니다.

그동안 당신은 혼자서 여유롭게

앞으로 즐길 상상이나 하면서

그 분위기에 흠뻑 취해보시죠.

파우스트   그럼, 지금 갈까?

메피스토펠레스   아직 시간이 이르군요.

파우스트   내 그녀에게 줄 선물을 하나 가져다줘!

(퇴장)

메피스토펠레스 곧바로 선물을 한다?

정말 과감해! 분명 성공하겠어!

내 아름다운 곳과 보물이 숨겨진 곳,

몇 군데를 알고 있으니 좀 살펴봐야겠어.

(퇴장)

저녁

(깨끗하게 정돈된 작은 방)

마르가레테 (머리를 땋아 위로 묶으며)

오늘 본 그분은 누굴까? 정말 궁금해, 알고 싶어!

정말 그분은 참으로 곧아 보이셨어.

그리고 귀한 가문 출신이던데.

그건 이마에서 읽을 수 있었어.

그렇지 않고선 그렇게 당당할 수 없잖아.

(퇴장)

(메피스토펠레스, 파우스트 등장)

메피스토펠레스   어서, 이리로 들어오세요.

쉿, 조용히, 어서 들어와요!

파우스트   (잠시 침묵한 뒤)

내 부탁하건대, 나 좀 혼자 있게 내버려둬!

메피스토펠레스   (주변을 둘러보며)

처녀라고 모두 이렇게 정돈을 잘하는 건 아니지요.

(퇴장)

파우스트   (주위를 올려다보며) 반갑구나!

달콤한 황혼의 빛이여, 네가 이 성지를 수놓는구나.

이 가슴을 태워다오, 달콤한 사랑의 고통아!

희망이란 이슬로 간신히 연명되고 있다.

이 방에는 참으로 고요함과 질서와 만족감이

곳곳에 호흡하고 있다.

가난 속에서도 이렇게 풍요롭다니!

이 감옥 같은 곳에 이런 행복이 깃들다니!

(파우스트는 침대 옆의 가죽 소파에 앉는다.)

아, 나를 받아다오,

너 그녀의 조상들을 기쁠 때나 슬플 때나

양팔 벌려 품 안으로 받아주지 않았던가!
아, 아버지들이 쓰던 이 의자에는
얼마나 자주 아이들이 매달렸을까?
어쩌면 통통한 볼의 내 사랑도
아이 시절 성탄 선물을 받아들고 감사하는 마음으로
할아버지의 나이 든 손에 입 맞추지 않았을까?
소녀야, 네가 지닌 풍요와 질서의 정신이
내 주변에서 바스락대는 소리가 들린다.
그 정신은 날마다 어머니처럼 널 가르쳐
식탁 위에는 깨끗한 식탁보를 펼치게 하고
발치에는 물결무늬로 모래를 뿌리게 했겠지.
오, 사랑스런 손이여, 신이나 다름없구나!
당신으로 인해 이 오두막이 천국이 된다.
그리고 이곳은 말이지!

(침대보를 들쳐 올린다.)

너무 기뻐 온몸에 전율이 흐르는구나!
이곳이라면 오랜 시간이라도 머무를 수 있겠어.
자연아! 너는 이곳에서 살며시 꿈을 꾸며
타고난 천사를 가장 완벽하게 만들었다.
그 아이가 여기 이 안에 누워 있었겠지.
어린 가슴엔 따뜻한 생명을 품고서.

그리고 성스러울 정도로 순결하게
신들의 모습을 이 아이에게 새겨넣었다.

그리고 너! 넌 이곳에서 뭘 하느냐?
이곳에 있으니 가슴이 터질 것만 같아.
대체 뭘 하려고?
마음이 왜 이리 너를 힘들게 하는 거지?
가련한 파우스트야, 난 더 이상 너를 모르겠다.

향기처럼 마법이 나를 에워싸고 있단 말인가?
방금 전만 해도 즐기고픈 마음에 눈이 멀었지만,
이제는 사랑의 꿈에 몸이 녹아 없어질 것 같으니.
우리는 공기가 가지고 노는 그저 노리개인 건가?

지금 당장이라도 그녀가 불쑥 방으로 들어오면
이 방에 몰래 숨어들어온 이 행동을
어찌 설명할 것이란 말인가!
천하의 난봉꾼 한스가 이리 작아지다니!
그녀의 발치에 엎드려 녹아서 사라지지 않으랴.

메피스토펠레스 (돌아온다.) 서둘러요!
저 아래 그녀가 오는 것이 보입니다.

파우스트　가자! 가자! 다시 이곳으로 오지 않겠다!

메피스토펠레스　여기 매우 묵직한 장식함을

　　　하나 가져왔어요. 어디 다른 곳에서 슬쩍 가져왔지요.

　　　이 상자가 항상 이 방에 놓여 있다면

　　　내 당신께 맹세컨대, 그녀는 분명 이성을 잃을 겁니다.

　　　이제 당신이 이 상자를 안에 넣어둬요.

　　　귀한 물건들을 장식함 안에 넣어뒀소.

　　　그거면 더 까다로운 여자라도 넘어올 거요.

　　　무슨 놀이를 하던 소녀는 그저 소녀일 뿐이니까요.

파우스트　글쎄 잘 모르겠네. 그렇게 해도 괜찮을까?

메피스토펠레스　그게 무슨 소리죠?

　　　혹 이 보물이 갖고 싶어서 그러나요?

　　　내가 충고 하나 하지요, 이 난봉꾼님.

　　　공연히 아까운 시간 죽이지 말고,

　　　내 수고도 좀 덜어주쇼.

　　　당신 정말 그 정도로 욕심쟁이는 아니겠죠?

　　　난 이리 머리를 쥐어짜고 계획을 세우는데.

　　　(장식함을 장롱에 넣고서 자물쇠를 잠근다.)

　　　이제 그냥 가요! 빨리요!

　　　가서 그 젊고 사랑스런 저 아이가

　　　당신의 뜻을 따르도록 해야죠.

도대체 표정이 왜 그래요?

꼭 강의실에 들어가는 사람 표정이로군요.

물리학과 형이상학이 살아나 좀비처럼

당신 앞에 나타난 것처럼. 어서 갑시다!

(퇴장)

마르가레테   (램프를 손에 들고서)

왜 이리 후덥지근하고 습기가 가득 찼지?

(창문을 연다.)

밖은 전혀 따뜻하지 않은데 말이야.

어떻게 된 일인지는 잘 모르겠지만

정말 엄마가 집에 빨리 왔으면 좋겠어!

온몸에 오한이 드는걸.

난 정말 겁에 벌벌 떠는 겁쟁이 여자애야.

(옷을 벗으며 노래를 부른다.)

옛날에 툴레에 한 왕이 살았다네.

무덤까지 자신의 신의를 지키는 사람이었지.

그런 왕이 사랑하던 연인은 죽어가며

황금 잔을 하나 남겨주었다네.

왕은 이 잔을 소중히 생각했네.

그래서 향연을 열 때마다

그 잔을 사용했지.

그의 눈에는 눈물이 넘쳐흘렀다네.

술잔을 비울 때마다.

그런 왕이 죽음의 문턱에 도달했을 때

왕국에 있는 도시를 헤아려

모든 유산을 왕자들에게

아낌없이 주었지만

황금 잔만은 그러지 못했다네.

그러던 어느 날

여러 기사들과 함께 둘러앉아

제왕의 만찬을 열었지.

조상이 물려준 천고가 높은 연회실에서,

바로 바닷가에 위치한 그 성에서.

그곳에 술 좋아하는 늙은 왕이 서서,

마지막 삶의 불꽃을 그 잔으로 마셔버렸다네.

그리고 성스런 그 잔을 던져버리네.

성 아래 흐르는 파도 속으로

늙은 왕은 잔이 떨어져

바다 깊이 가라앉는 모습을 지켜보았다네.

눈물로 가득 찬 그의 눈꺼풀도

물속에 가라앉는 것 같았지.

왕은 더 이상 단 한 방울도 마시지 않았다네.

(그녀는 옷을 정리하려 장롱을 연다. 그리고 화려한 장식이 된

보석함을 바라본다.)

어머나, 어떻게 이렇게 아름다운 보석함이

여기 있는 걸까?

분명 내가 장롱에 자물쇠를 채웠는데.

그런데 너무나도 멋지구나!

도대체 이 안에는 뭐가 들어 있을까?

엄마에게 돈을 빌린 사람이 담보로 가져온 걸까?

여기 리본에 작은 열쇠가 달려 있네.

아무래도 열어봐야겠어!

이게 뭐지? 어머나, 세상에! 이것 좀 봐!

태어나서 이런 건 처음 봐! 보석이야!

이런 건 귀부인이 최고의 축젯날에나 하고 다닐

그런 값진 건데.

이 목걸이가 나에게 어울릴까?

이 멋진 물건들은 도대체 누구 걸까?

(목걸이를 닦더니, 목걸이를 들고 거울 앞에 선다.)

귀걸이만이라도 내 것이라면 얼마나 좋을까!

귀걸이만 해도 정말 달라 보일 거야.

아무리 예쁘고 젊어도 무슨 소용이람?

물론 나쁘지는 않아. 하지만 그 이상은 아니라고.

측은지심에서 그렇게 얘기해주는 거지.

이 세상 사람들 누구나 황금을 원하고,

모두가 황금만이 전부라 생각하지.

아아, 가난한 우리들만 불쌍하구나!

산책로

(파우스트가 생각에 잠겨 걸어간다. 옆에 메피스토펠레스가 등장한다.)

메피스토펠레스 아, 이 저주받을 사랑의 이름으로!

지옥의 불길의 이름으로!

내가 이리 욕할 정도로 불쾌한 일이란 것을 알면서도

그걸 원했다니!

파우스트 왜 그러나? 왜 그리 열을 내지?

그런 표정은 난생처음이군!

메피스토펠레스 내 자신이 악마가 아니라면

당장 악마에게 내 몸을 넘겨버리고 싶은 마음뿐이군요!

파우스트 자네 머리가 좀 이상해진 거 아닌가?

흡사 미치광이가 날뛰듯이 행동하니 말이야!

메피스토펠레스 글쎄, 그레트헨한테 줄

보석들 말입니다.

그걸 목사라는 작자가 낚아챘지 뭡니까!

우연히 그 애 어미가 보석을 보았어요.

순간 그 여자는 겁이 났지요.

그 여자는 코가 아주 예민해요.

어디에서든 「기도서」에 아주 코를 박고 다니죠.

가구 같은 것만 해도 냄새만으로

성스러운 건지 속된 건지 알아챈다고요.

그 보석을 보자마자 그 여자는 금방 알아챘어요,

그게 성스러운 물건이 아니라는 사실을요.

"애야." 그 여자가 소리쳤죠.

"부정한 물건은 혼을 옭아매고 피를 빨아 먹는단다.

그러니 성모님께 바치는 게 좋겠어.

대신 하늘의 양식을 주실 거야!"

어린 그레트헨은 입술을 뾰로통하게 내밀며 생각하죠.

구태여 선물 받은 것을 가지면 안 된단 말인가.

그리고 사실 이것을 여기에 가져오신 그분이

사악한 사람일 리 없지. 정말로!

그녀의 어미는 목사를 불러왔지요.

그는 물건에 시선을 빼앗긴 채 진지하게 말했지요.

"잘 생각하셨습니다!"

결국 극복하는 사람이 보물은 얻는 거지요.

교회는 아주 튼튼한 위를 가져서

전국을 먹어치워도 끄떡없어요.

그럼에도 절대로 만족하는 법이 없죠.

친애하는 여인들이여,

오로지 교회만이 부적절한 물건을 제대로 소화한답니다.

파우스트   그건 흔한 일이 아닌가.

유태인이나 왕도 그런 일을 한다네.

메피스토펠레스   그 목사 놈은 팔찌와 목걸이, 반지를

그저 쓰레기를 쓸어담듯 담더니

호두 한 바구니 받은 것처럼

감사의 말을 하는 둥 마는 둥 하고

천국에서 보상을 받을 거라 말하더군요.

그 말을 들은 그들은 매우 기뻐했지요.

파우스트   그럼 그레트헨은?

메피스토펠레스   방에 앉아 안절부절못하면서

어떻게 해야 할지도 모르고

밤낮으로 보석들 생각만 하고 있어요.

그것을 그녀에게 가져온 사람 생각은 더 하고요.

파우스트 사랑스런 내 여인의 고통이

참으로 안타깝구나.

당장 새로운 보석을 가져와다오!

첫 번째 것은 그리 많지 않았어.

메피스토펠레스 오호라,

당신에게는 모든 것이 애들 장난이죠!

파우스트 그저 하게. 내 뜻대로 하란 말일세.

그녀의 옆집 여자를 잘 꾀어봐!

이봐, 악마 친구, 그리 굼뜨게 행동하지 말고

어서 새로운 보석을 가져오라니까!

메피스토펠레스 네네, 자비로우신 나리,

바로 그 뜻 받잡습니다.

(파우스트 퇴장)

사랑에 눈먼 바보는 잠시라도

애인을 기쁘게 해주려고

태양과 달과 모든 별까지

전부 하늘에 쏘아 올리려 하지.

(퇴장)

이웃집 여자의 집

마르테 (혼잣말로)

주님, 사랑하는 제 남편을 용서해주세요.

지금껏 제게 잘해준 거라고는 하나도 없어요!

절 이리 홀로 과부로 남겨둔 채

세상 속으로 나가버렸지요.

단 한 번도 그를 힘들게 한 적이 없습니다.

주님은 아시지요.

제가 얼마나 진심으로 남편을 사랑했는지요.

(흐느껴 운다.)

어쩌면 아예 죽어버린 게 아닐까요?

아아, 진정 괴롭습니다!

차라리 사망진단서만이라도 받아볼 수 있다면!

(마르가레테 등장)

마르가레테 마르테 아주머니!

마르테 그레트헨 무슨 일이니?

마르가레테 지금 무릎에 힘이 풀려

주저앉을 것만 같아요!

내 옷장에서 흑단나무로 만들어진

작은 보석함을 다시 찾았지 뭐예요.

그리고 첫 번째 상자의 보석보다

더 아름답고 눈이 부셔요.

마르테 네 엄마한테는 말하지 않는 게 좋겠구나.

그러면 아마 당장 고해 성사하는 데

가져갈 테니 말이다.

마르가레테 아아, 보세요! 어서 좀 보시라니까요!

마르테 (보석들로 그녀를 치장해주면서)

넌 정말 복 받은 아이구나!

마르가레테 아쉽게도 이런 모습으로는

길거리는커녕 교회에도 갈 수 없겠죠.

마르테 우리 집에 자주 오거라.

그리고 여기서 몰래 보석들을 걸치면 되지.

그리고 한 시간 동안 거울에 비치는 모습을 보며

그 앞을 거니는 거지.

그렇게라도 우리가 즐겨야지.

그러다 보면 많은 사람들이

계속 너만 바라볼 기회와 축제가 있을 거란다.

슬슬 그런데 나가서 모습을 드러내는 거야.

우선 이 목걸이를 하고, 다음에는 진주 귀걸이를 하렴.

엄마는 아마 보지 못할 테니.

그리고 그런 척 시치미를 뚝 떼란 말이야.

마르가레테 이 두 보석 상자들을

도대체 누가 가져왔을까요?

아무래도 정당한 물건 같지는 않아요.

(노크 소리가 들린다.)

어머나, 세상에! 엄마일까요?

마르테 (커튼 사이로 내다보며)

낯선 신사분인데. 들어와요!

(메피스토펠레스가 등장한다.)

메피스토펠레스 이렇게 무턱대고 쳐들어와서

두 여성분에게 양해를 구해야겠군요.

(마르가레테를 보자 공손히 뒤로 물러선다.)

슈베르트라인 부인을 찾고 있습니다!

마르테 전데요. 하실 말씀이 무엇인지요?

메피스토펠레스 (그녀에게 나지막한 소리로)

> 이제 당신을 알게 되었으니 이것으로 충분합니다.
>
> 우선 먼저 찾아오신 손님이 계시니
>
> 제가 방해한 것을 양해 바라며 오후에 다시 오도록 하죠.

마르테 (큰 소리로 웃으며)

> 어머나, 애야, 이게 무슨 일이라니!
>
> 저 신사가 너를 요조숙녀처럼 대하는구나.

마르가레테 전 그저 보잘것없는 어린 계집에 불과하죠.

> 세상에! 너무 친절하셔서 어찌할 바를 모르겠어요.
>
> 이 보석과 장신구들은 제 것이 아니랍니다.

메피스토펠레스 아, 장신구 때문만은 아니랍니다.

> 당신은 눈빛이 예사롭지 않습니다.
>
> 계속 이곳에 머무를 수 있다면 매우 기쁠 것 같군요.

마르테 무슨 일로 오신 거죠? 이제 말해주시죠.

메피스토펠레스 좋은 소식이었더라면 좋았으련만!

> 이 소식을 전했다고 부디
>
> 저를 원망하시지 않기를 바랍니다.
>
> 남편께서 죽었습니다.
>
> 그리고 제게 소식을 전해달라 하셨죠.

마르테 죽었다고요? 믿었던 내 마음이!

> 너무 아프구나! 내 남편이 죽었다니!

아아, 이제 나도 끝이야!

마르가레테 아아! 아주머니 제발 진정하세요!

메피스토펠레스 이제 그 슬픈 이야기를 들어보시죠!

마르가레테 이래서 난 내가 살아 있는 동안

사랑을 하고 싶지 않아요.

사랑을 잃으면 너무 슬플 거예요.

메피스토펠레스 기쁨에는 슬픔이,

슬픔에는 고통이 따르는 법이죠.

마르테 남편이 어떻게 세상을 떠났는지 말해줘요!

메피스토펠레스 그는 파도바에 묻혔습니다.

성 안토니우스 무덤 옆에 묻혔으니

성스러운 곳에서 영원한 안식을 취할 것입니다.

마르테 그 밖에 별도로 제게 가져오신 것은 없나요?

메피스토펠레스 있지요.

매우 대단하고 어려운 부탁이 있습니다.

자신을 위해 삼백 번의 미사를 올려달라 했습니다!

그 밖에 제 가방에 담아온 것은 없어요.

마르테 뭐라고요!

귀한 장식품도, 보석도 없단 말인가요?

직공들도 그런 것 하나쯤은 자루 깊숙이 보관하는데

아무리 굶주리고 구걸을 할지라도 말입니다!

메피스토펠레스 부인, 정말 뭐라 위로의 말씀을

드려야 할지 모르겠군요.

그가 혼자서 자기 돈을 모조리 탕진한 것은 아니에요.

게다가 자기 실수를 매우 후회했지요.

그래요. 자신에게 닥친 불행으로 매우 괴로워했어요.

마르가레테 아아! 인간이란 너무 불행해요!

그분을 위해 진혼미사를 올려드리고 싶어요.

메피스토펠레스 당신은 당장 결혼해도 되겠어요.

정말 사랑받을 만한 아가씨로군요.

마르가레테 아니요.

아직은 결혼 같은 건 생각해보지도 않았어요.

메피스토펠레스 그럼 남편이 아니라

연인이라면 어떤가요?

사랑하는 연인을 품 안에 안는 것이야말로

하늘이 내린 가장 위대한 선물이지요.

마르가레테 그건 이 지역 풍습에 맞지 않아요.

메피스토펠레스 맞던 그렇지 않던!

그런 일은 항상 있지요.

마르테 하던 얘기를 더 해봐요!

메피스토펠레스 난 당신 남편의 임종 침상 곁을

지키고 있었습니다.

거름 더미보다 나았지만,

다 썩어가는 지푸라기로 만들어진 침상이었어요.

그는 그리스도처럼 홀로 죽음을 맞이했죠.

그저 다 하지 못한 일들이 많다고 했지요.

"참 내, 스스로가 밉고 원망스러워"라고 그는 외쳤지요.

"어떻게 그렇게 내 생업과 아내를 내팽개치고

이렇게 떠나왔다니!

아, 정말 그 생각만 하면 죽을 만큼 괴롭구나.

부디 아내가 살아생전에 날 용서해야 할 텐데!"라고요.

마르테 (눈물을 흘리며) 좋은 사람이었어요!

이미 오래전에 용서했답니다.

메피스토펠레스 "하지만 주님만은 아실 거야!

나보다 아내 잘못이 더 컸다는 것을!"이라고도 했지요.

마르테 그건 거짓이에요! 뭐라고요!

무덤을 목전에 두고 그런 거짓말을 하다니!

메피스토펠레스 마지막 순간이 되니

분명 좀 횡설수설했던 것 같아요.

내가 그런 건 좀 알거든요.

"일체 낭비할 시간도 없었지"라고 말하더군요.

"우선 자식들이 태어나고

그 뒤로는 자식들을 위해 빵을 벌었지.

아주 넓은 의미로 빵을 말하는 거야.

그러고 난 단 한 번도 마음 편하게

빵을 먹어본 적이 없어"라고요.

마르테　그러니까 지금껏 우리 사이에 있었던

신뢰와 사랑은 모조리 잊었단 말이군요.

밤낮으로 얼마나 고생했는데요!

메피스토펠레스　그렇지 않아요.

부인을 진심으로 생각했어요.

그는 말했죠. "몰타에서 배를 탈 때마다

아내와 아이들을 위해 열렬히 기도드렸지.

그러면 하늘도 우리에게 호의를 보였고,

우리 배는 위대한 술탄의 보물을 운반하던

터키 배 한 척을 포획했다네.

용감한 행동에 대한 보상이 있었지.

나 역시도 내 몫을 받았다네"라고요.

마르테　뭐라고요? 그렇다면 어디 있단 말인가요?

어딘가 묻어 놓았나요?

메피스토펠레스　사방의 바람이니

어디에 뒀는지 누가 알겠어요.

아름다운 아가씨 한 명이 그에게 접근했지요.

그가 나폴리에서 이리저리 떠돌아다닐 때지요.

그 여자는 사랑과 믿음을 다 받쳤어요.

그는 임종 때까지 충분히 느꼈을 거예요.

마르테 배신자 같으니! 제 자식들의 도둑놈이야!

아무리 힘들고 고통스러웠어도

그런 수치스러운 인생을 거부하지 못하다니!

메피스토펠레스 그러게 말입니다!

그 대가로 이제 그는 죽었습니다.

내가 만약 부인이라면

일 년 정도 애도하고 나서

인생의 새로운 보물을 찾아 나설 거요.

마르테 어머나! 내 남편 같은 사람을

이 세상에서 또 찾기란 쉽지 않아요!

바보일 정도로 마음이 좋았죠.

단지 방랑벽이 너무 심했고,

낯선 여자와 낯선 포도주를 좋아했죠.

그리고 망할 놈의 노름을 너무 좋아했어요.

메피스토펠레스 좋아요, 좋아,

남편의 편에서 그리 봐준다면

그럭저럭 나빠 보이지 않네요.

하지만 내 맹세컨대,

그 정도 조건이라면

나라도 당신과 반지를 교환하고 싶습니다.

마르테 오, 신사분이 농담도 잘하셔!

메피스토펠레스 (혼잣말로)

상황을 봐서 도망쳐야겠어!

이 여자는 말할수록 악마도 붙잡아놓겠어!

(그레트헨에게)

아가씨라면 어떨 것 같아요?

마르가레테 무슨 말씀이시죠?

메피스토펠레스 (혼잣말로) 참 순진한 척하기는!

(큰 소리로) 그럼, 숙녀분들 잘 있어요!

마르가레테 안녕히 가세요!

마르테 오, 빨리 말해주세요!

어디서, 어떻게, 그리고 언제

내 남편이 죽었고 묻혔는지

증명서 한 장이 있었으면 좋겠어요.

저는 원래 원칙대로 하는 사람이랍니다.

신문에 부고를 내고 싶어요.

메피스토펠레스 아, 그런가요. 부인.

어떤 사실을 입증하려면

증인 두 사람의 말만으로도 충분하답니다.

내게 멋진 친구가 한 명 있는데

그 친구에게 부인을 위해 법정에 서달라 하지요.

이리로 그를 데려오겠습니다.

마르테 제발 그렇게 해주세요!

메피스토펠레스 여기 이 아가씨도 거기 나올 건가요?

그는 멋진 친구랍니다!

세상 방방곡곡 여행도 많이 하고,

여성들에게 예의도 바르지요.

마르가레테 그런 신사분이라면 얼굴이 붉어지겠어요.

메피스토펠레스 이 지상의 그 어떤 왕이 와도

그럴 필요 없답니다.

마르테 우리 집 뒤에 정원이 있어요.

오늘 밤 그곳에서 기다릴게요.

길거리

(파우스트, 메피스토펠레스)

파우스트 어떻게 됐는가?

상황이 진전될 것 같나? 어떻게 곧 넘어오겠어?

메피스토펠레스 이런! 아주 불이 붙었군요!

이제 잠시 후면 그레트헨은 당신 여자가 될 것입니다.

오늘 밤 그녀의 이웃인 마르테 집에서 만나기로 했어요.

이 여편네는 뚜쟁이 역할이나

집시들이 하는 거래에 아주 타고났더군요!

파우스트   아주 잘됐어!

메피스토펠레스   하지만 우리에게는 조건이 있어요.

파우스트   무슨 일이든 제 각각 그 값어치가 있기 마련이지.

메피스토펠레스   엄숙하게 증언 한번 해주면 됩니다.

그 여편네의 남편이 죽어서

사지를 뻗은 모습으로 파두아의 성지 옆에서

영원한 안식을 취하고 있다고 말입니다.

파우스트   아주 영리해!

그렇다면 우선 그곳에 갔다 와야 하지 않겠나!

메피스토펠레스   무슨 소리예요!

그럴 필요 전혀 없어요.

많이 알 필요도 없이 그저 증언만 하면 된다니까요.

파우스트   그보다 나은 생각이 없다면,

이 계획은 없던 걸로 하세.

메피스토펠레스   오, 성자 나셨군요!

이제 성인이 되셨어요,

아주! 이제까지 살아오면서

위증을 단 한 차례도 하지 않았단 말인가요?

당신은 신과 세계 그리고 그 안에서 살아 움직이는 것,

인간과 인간의 머리와 가슴속에 살아 움직이는 것,

이런 것에 대해 열렬히 힘주어 정의하지 않았던가요?

그것도 눈썹 하나 까닥 안 하고서 아주 뻔뻔하게.

하지만 진정 핵심을 파고들자면

당신이 아는 것이라고는

겨우 슈베르틀라인 씨의 죽음뿐이지요!

파우스트   자네야말로 거짓말쟁이에 궤변가일 뿐일세.

메피스토펠레스   제대로 깊게 알지 못하니

그리 말하겠지요.

내일이 되면 당신은

점잖은 척 온 영혼을 다해

그 불쌍한 그레트헨을 사랑한다 맹세할 거 아닙니까?

파우스트   그거야 진심에서 우러나오는 거야.

메피스토펠레스   좋아요. 아주 멋지군요!

그리고 그 뒤에는 영원히 진실한 사랑이라 말하며

모든 걸 뛰어넘는 충동에 내맡기겠죠?

이것도 모두 진심에서 우러나온 건가요?

파우스트   그만두게! 그건 말이지!

내가 느끼는 이 감정은 말일세,

이름을 붙이려 해도 찾을 수 없고,

딱 어울리는 말을 찾으려 모든 감각을 열고

이 세상을 떠돌아다니다가

나를 불타오르게 하는 이 불꽃을

끝없이, 원하다 말한다 해서

그것을 악마의 거짓말이라 할 겐가?

메피스토펠레스 그래도 내 말이 옳다니까요!

파우스트 들어보게! 부탁이니 내 말 좀 들어봐.

내 입 좀 아프게 하지 말라고.

자기 생각이 옳다고 우기는 사람은

그저 자기가 하고 싶은 말만 할 뿐이니

분명 그렇게 자기 생각만을 고집하겠지.

어서 가자고. 이만 허튼소리는 집어치우게.

그래, 자네가 옳아.

어쩔 수 없이 내가 해야 하니 말이야.

정원

(마르가레테는 파우스트의 팔짱을 끼고 거닐고, 마르테와 메피스토펠
레스는 주변을 산책하고 있다.)

마르가레테   선생님께서 이리 낮추시면서까지

저를 소중하게 대해주시니 정말 부끄럽네요.

여행을 많이 하시는 분들은

주변에 호의를 베푸는 일에 관대하시죠.

그렇게 경험이 많으신 분들은

이런 보잘것없는 대화를 나누지 않는다는 걸 잘 알아요.

파우스트   당신의 눈길 하나, 말 한마디가

이 세상의 그 어떤 지혜보다도 훌륭하오.

(그녀의 손에 키스한다.)

마르가레테   그러시지 마세요!

어찌 이런 손에 입 맞추세요?

제 손은 더럽고 거칠기 짝이 없는걸요!

이 손으로 안 하는 일이 없답니다!

어머니가 매우 엄격하셔서요.

(두 사람, 지나간다.)

마르테   선생님은 항상 이렇게 여행을 다니시나요?

메피스토펠레스   이런, 일과 막중한 책임 때문에 어쩔 수 없네요!

어떤 곳은 떠나기가 매우 힘들지만,

그렇다고 그곳에만 영원히 머물 수는 없지요.

마르테 물론 젊을 때야 자유롭게

세상을 방방곡곡 떠도는 것도 괜찮지요.

그러다 끔찍한 시기가 다가와,

그렇게 외롭게 살다가

홀아비로 무덤에 들어가는 건,

어느 누구도 좋아하지 않겠죠.

메피스토펠레스 멀리 그런 모습이 그려지니

벌써 소름끼치는군요.

마르테 그러니까 말입니다.

선생님도 시기를 잘 생각하셔야 해요.

(두 사람, 지나간다.)

마르가레테 네, 눈에서 멀어지면

마음에서도 멀어지죠!

선생님은 예의도 바르시고,

분명 친구들도 엄청 많으시겠지요.

그분들도 분명 저보다 지적이시겠고요.

파우스트 오, 아름다운 그대여!

사람들이 이성이라 부르는 건

때론 허영심과 멍청함을 뜻하오.

195

마르가레테 왜 그런가요?

파우스트 아, 순박함과 순진함을 지닌 아가씨는

자신이 지닌 성스러운 가치를 모르는구려!

겸손과 별 볼 일 없는 삶이야말로

자애로운 자연이 주는 가장 최고의 선물이란 말이오.

마르가레테 선생님은 저를 그저 잠시 생각하시겠지만

전 선생님을 분명 온종일 생각할 거랍니다.

파우스트 혼자 보내는 시간이 많소?

마르가레테 네, 살림살이는 얼마 되지 않지만,

갖추고 살려고 노력하거든요.

게다가 집에 하녀가 없어서 요리하고,

청소하고, 뜨개질 하고, 바느질까지 하면서

이른 아침부터 늦은 시간까지 이리저리 뛰어다니죠.

특히 어머니가 모든 면에서 매우 엄격하시거든요!

사실 그렇게까지 절약하지 않아도 된답니다.

다른 사람들보다 조금 더 여유를 누리고 살아도 되죠.

아버지가 남겨두신 유산이 꽤 되거든요.

교외에 작은 정원이 딸린 집도 있답니다.

그래도 지금은 꽤 한가한 편이에요.

오빠는 군인이고, 어린 여동생은 죽었어요.

전 그 아이에게 신경을 써야 했죠.

또다시 그런 고생을 해야 한대도 다시 돌보고 싶어요.

그 아인 너무 사랑스러웠죠.

파우스트　천사겠군. 당신과 닮았다면.

마르가레테　제가 기르다시피 했고

아이도 저를 끔찍이 사랑했어요.

동생은 아버지가 돌아가시고 나서 태어났어요.

그때 우린 어머니를 잃어버렸다 생각했어요.

당시 매우 힘들어 하셨거든요,

회복도 엄청 더디셨죠.

아주 조금씩 호전되었어요.

그래서 불쌍한 그 아이에게

젖을 물려야 한다는 생각은 전혀 못하셨죠.

결국 제가 혼자서 그 아이를 키웠답니다.

우유와 물을 먹여가며 제 아이가 되었어요.

내 품에 안고, 무릎에 앉히면 좋아서 버둥거렸어요.

그렇게 컸어요.

파우스트　분명 이 세상에서

가장 순수한 행복을 느꼈을 것이오.

마르가레테　그렇지만 분명 힘든 시간도 꽤 있었어요.

밤에는 제 침대 옆에 작은 요람을 두고서

아기가 조금 움직이는 기척만 보여도 깨어났죠.

우유를 물려보기도 하고 내 옆에 눕혀보기도 하고

그래도 울음을 멈추지 않으면

침대에서 일어나 춤추듯 온 방 안을 이리저리 걸었어요.

그러다 새벽 일찍 일어나 빨래를 하고,

시장도 보고 부엌일도 했답니다.

오늘이나 내일이나 그런 생활이란 항상 똑같겠지요.

그러니 선생님, 이런 일들이 항상 즐겁지만은 않답니다.

그렇지만 그래서인지

밥맛은 꿀맛이고 휴식은 달콤하죠.

(두 사람, 지나간다.)

마르테 그 불쌍한 여자들은 어쩐대요.

　　　　홀아비 하나 붙잡기 그리 힘이 드니.

메피스토펠레스 모두 당신하기 나름이요.

　　　　어서 나를 설득해봐요.

마르테 어서 말해보세요.

　　　　아직도 아무도 못 만났어요?

　　　　마음을 어딘가에 준 게 아니고요?

메피스토펠레스 이런 속담이 있죠.

　　　　자기 집과 정숙한 아내는

황금과 진주만큼이나 귀하다고.

마르테 제 말은 그러니까 한 번도

그럴 마음이 든 적이 없냐 이거죠?

메피스토펠레스 어디를 가던 사람들은

항상 저를 잘 대접해줬지요.

마르테 제가 하고 싶은 말은 말이죠.

그러니까 지금껏 진지하게

마음에 들어온 사람이 어느 누구도 없었냐고요!

메피스토펠레스 여인들과

농담 따먹기나 해서는 안 되지요.

마르테 아이고, 정말 제 말뜻을 못 알아들으시네요!

메피스토펠레스 이거 정말 미안하네요.

그렇지만 당신이 아주 좋은 사람이라는 건 알고 있어요.

(두 사람, 지나간다.)

파우스트 오, 작은 천사여,

내가 정원에 들어선 순간 날 알아봤단 말인가요?

마르가레테 못 보셨어요? 그때 전 눈을 감았어요.

파우스트 내 무례한 행동도 용서해주는 게요?

얼마 전 당신이 성당 밖으로 나왔을 때

무례한 짓을 했잖소.

마르가레테 매우 당황했죠.

지금껏 그런 일은 한 번도 없었거든요.

남에게 욕먹을 만한 행동은 하지 않았어요.

아아, 전 그때 제가 정숙하지 못한

그런 여자로 보인 건 아닌지 그런 생각도 했답니다.

이런 여자 정도야 손만 대면

당장이라도 가질 수 있다고 생각하는 것처럼 보였어요.

이제 고백해요!

저도 이유는 잘 모르겠지만

여기에 당신을 향한 좋은 감정이 솟아올라요.

분명한 건 그때 당신에게

화를 내지 못한 내 자신이 미웠지요.

파우스트 달콤한 내 사랑!

마르가레테 잠시만요!

(별꽃 하나를 꺾더니 한 잎 그리고 또 한 잎 꽃잎을 뜯어내기

시작한다.)

파우스트 뭐하는 거요? 꽃다발을 만들려고?

마르가레테 아니랍니다.

이건 그저 장난 같은 거지요.

파우스트 어떻게 하는 거지?

마르가레테 저리 가세요! 그냥 웃으실 거예요.

(꽃잎을 뜯어내며 혼자 중얼거린다.)

파우스트 뭐라고 중얼대는 거요?

마르가레테 (작은 목소리로)

사랑한다, 사랑하지 않는다.

파우스트 넌 정말 하늘의 얼굴을 하고 있구나!

마르가레테 (계속한다.)

사랑한다, 사랑하지 않는다,

사랑한다, 사랑하지 않는다.

(마지막 꽃잎을 뜯어내면서 즐거움이 가득한 목소리로)

사랑한다!

파우스트 그래, 내 사랑!

이 꽃점을 신의 계시로 받아들여요.

사랑한다잖소! 무슨 말인지 알겠소?

그가 당신을 사랑한다!

(그녀의 두 손을 잡는다.)

마르가레테 식은땀이 나요!

파우스트 떨지 마요!

이 눈길로, 이 손길로

말로 표현할 수 없는 그것을 말하고 싶소,

바로 온몸을 바쳐 앞으로 영원히 지속될 환희를 말이오!

영원히! 이 환희의 끝은 절망이지요.

아니오, 끝이란 없어! 끝은 없단 말이오!

마르가레테 (파우스트의 손을 잡고 있다가 순간 손을 놓고 도망친다.

파우스트는 잠시 생각에 잠겼다가 그녀를 쫓아간다.)

마르테 (들어오면서)

벌써 밤이 되었어요.

메피스토펠레스 그렇군요. 이제 가야겠어요.

마르테 좀 더 있으라고 부탁하고 싶지만.

별로 좋지 않은 곳이라서.

이웃들 감시하는 것 말고는

할 일이라고는 전혀 없는 곳이죠.

어찌하던 소문이 나니까요.

그런데 다른 한 쌍은요?

메피스토펠레스 저 골목으로 뛰어올라 가던데요.

이리저리 날아오르는 나비들처럼!

마르테 그 신사분이 그 아이에게 반했나 보네요.

메피스토펠레스 그건 그 아이도 마찬가지죠.

세상 이치가 다 그런 거 아니겠어요.

어느 정자

(마르가레테, 안으로 들어와 문 뒤로 몸을 숨기고 손가락 끝을 입술에 대고 문틈으로 바라본다.)

마르가레테   그분이 오고 있어!

파우스트   (안으로 들어오며)

아아, 장난꾸러기, 나를 이리 놀리다니! 잡았어!

(키스한다.)

마르가레테   (파우스트를 끌어안고 키스하며)

당신은 정말 멋져요! 당신을 진심으로 사랑해요!

(메피스토펠레스가 노크한다.)

파우스트   (쿵쿵 발을 구르며) 누구요?

메피스토펠레스   그야 당신의 벗이지요!

파우스트   이런 짐승 같으니!

메피스토펠레스   이제 헤어져야 할 시간이군요.

마르테   (안으로 들어온다.)

선생님, 이제 시간이 너무 늦었어요.

파우스트   집까지 데려다주는 것도 안 되오?

마르가레테   그러면 아마 어머니가 제게

'영영 잘 가라' 하시겠죠!

파우스트   그렇다면 내가 가야 한단 말인가?

그럼 안녕!

마르테 잘 가세요!

마르가레테   곧 다시 봐요!

(파우스트와 메피스토펠레스 퇴장)

마르가레테   어머나, 세상에!

어쩜 이리 아무것도 생각나지 않을 수 있지?

그는 그렇게 만드는 남자야!

그분 앞에 서면 너무 부끄러워

어떤 요구라도 그냥 승낙해버리고 말지.

아무래도 난 보잘것없고 무지한 아이인가 보군.

그가 뭐 때문에 날 좋아하는지도 모르겠어.

(퇴장)

숲 그리고 동굴

파우스트 (혼자)

고귀한 정령이여, 넌 내게 주었다.

내가 부탁한 모든 것을 주었다.

불꽃에서 네 얼굴을 내게서 돌린 것은 헛되지 않았다.

멋진 자연을 내게 왕국으로 주었고.

자연을 느끼고 음미할 힘도 주었다.

냉정한 눈길로 자연을 방문하게 해주었고,

친구의 가슴을 들여다보듯

자연의 가슴 깊은 곳을 볼 수 있게 허락하였구나.

넌 일련의 생명체들을 내 앞으로 데려와

내 형제들이 조용한 숲에도 공기 중에도 물속에도

살고 있다는 것을 알려주었지.

그리고 숲 속에 폭풍이 몰려와

거대한 가문비나무가

옆 나뭇가지와 옆 나무줄기를 향해 쓰러지며

우지끈 소리를 내고 그 굉음이 산 전체에 울릴 때면,

넌 나를 안전한 동굴로 인도하여

나 자신을 알게 해주었고,

그로 인해 내 가슴속엔 기적들의 비밀이 쌓여가는구나.

그리고 내 눈앞에 순수한 밝은 달이 부드럽게 떠오르면,
암벽에서, 축축한 덤불에서
태고의 은빛 형상들이 두둥실 떠다니며
그리도 강력했던 내 성찰의 욕구를 누그러트리는구나.

오, 인간에게 완벽함이란 없음을 이제야 깨닫는다.
너는 이 같은 환희로 나를 신들에게 가까이 데려다주고,
더 이상 없어서는 안 되는 동반자를 주었다.
때로는 차갑고 못되게
내 앞에서 내 꼴을 하찮게 만들고
한마디 말로 네 선물을
아무것도 아닌 것으로 만들어버리지만.
그는 내 가슴에 거친 불을 지르고,
나는 그 안에서 만들어진 아름다운 형상을 좇는다.
그렇게 욕망을 즐기고 나면
그 쾌락 속에서 또 다른 욕망에 갈증이 난다.

(메피스토펠레스가 등장한다.)

메피스토펠레스 그런 삶도 이제 그만하면 충분하지 않나요?
계속 그리 오래 지속하면 그게 무슨 재미요?

뭐든 말입니다.

한 번 해보고 나면

다른 새로운 걸 시도해봐야 제맛입니다!

파우스트 자네가 할 일이 더 많아야 하는가 보군.

이 좋은 날 나를 괴롭히지 않게 말이야.

메피스토펠레스 알았어요. 알았어!

편히 쉬게 해드리죠.

이제 제게 진지하게 묻지 마세요.

못되고 퉁명스럽고 제정신이 아닌 당신 같은 사람과

동행하는데 내가 손해볼 필요는 조금도 없죠.

나도 온종일 할 일이 많다고요.

주인이 뭘 좋아하는지

그리고 뭘 하지 말아야 하는지

표정만 보고서 알 수 없잖아요!

파우스트 저 말하는 꼴 좀 보게!

사람을 괴롭혀놓고는 도리어 감사를 바라는구나.

메피스토펠레스 이 불쌍한 인간이여,

내가 없었더라면 대체 당신은 어떻게 살았을까요?

내가 당신을 횡설수설하는 공상의 세상에서

현실로 데려오지 않았던가요.

내가 아니었더라면 아마 당신은

벌써 이 세상을 등졌을 거라고요.

도대체 왜 이런 동굴, 바위틈에

수리부엉이처럼 처박혀 있는 겁니까?

축축한 이끼와 물기 어린 바위나

빨아먹는 두꺼비 꼴을 하고 뭘 하는 거냐고요?

시간 낭비치고는 정말 달콤하고 아름답기 그지없군요!

당신 몸속에는 여전히 박사가 들어 있어요.

파우스트 네가 이해할 수나 있을까?

이렇게 자연 속을 거닐며 얻는

새로운 삶의 활력을 말이다.

그래, 만약 악마인 네 녀석이 그걸 알아차린다면

내가 행복을 누리게 가만히 두지 않겠지.

메피스토펠레스 이 속세를 벗어난 기쁨이군요!

이슬을 맞으며 밤과 새벽에 산속에 누워

하늘과 땅을 기쁘게 감싸 안고서

마치 신이라도 된 듯 부풀어 올라

대지의 골수를 예감에 찬 욕망으로

파헤집고 엿새간의 업적을 가슴에 느끼며

나라면 전혀 알지 못할 것을 거만하게 즐기다 보면

곧 이 모든 것 속으로 환희 속에

자신마저 흘려버려 이 지상의 아들은

아무런 흔적도 없이 사라지지요.

그리고 그 잘난 직관은……

(어떤 몸짓을 하며)

뭐라 결론을 내려야 할지 난감하군요.

파우스트   쳇, 이 녀석이!

메피스토펠레스   기분을 언짢게 하려는 건 아니에요.

물론 그렇게 야유할 수도 있겠죠.

그렇지만 그런 말을 순결한 귀에다 내뱉으면 안 돼요.

순결한 마음이라도 때로는 감당할 수 없는 그런 말을요.

간단히 말해 때에 따라 자신을 속여

쾌락을 맛보는 겁니다.

하지만 당신 같은 사람이라면 오래 참지 못하겠죠.

조금만 있어도 금세 탈진해서

오래 지속되지 못해

광기나 불안 그리고 공포에 시달릴 거예요.

이 얘기는 이만하고!

당신 애인은 저쪽 집에서

침울한 기분에 빠져 웅크리고 있어요.

당신 생각이 머리에서 떠나지 않는가봐요.

당신을 너무나도 사랑하거든요.

녹아내린 눈이 시냇물에 넘쳐흐르듯이

처음엔 사랑의 격정을 그리 쏟아냈죠.

당신은 그렇게 사랑의 격정을

그녀의 가슴에 퍼부었어요.

하지만 이제 당신의 시내가 다 말랐나 보군요.

내 생각엔 숲에서 이런 왕 놀이나 하지 말고

불쌍한 저 어린것의 사랑에 보답해주는 것이

진정한 신사가 해야 할 일이라 보여요.

그녀에게 시간은 매우 더디게 흘러가죠.

창가에서 낡은 성곽 너머 하늘에

구름이 흘러가는 모습만 하염없이 바라보고 있답니다.

"이 몸이 새라면!"

그녀의 노래는 온종일 그리고 한밤중까지 이어지죠.

때로는 명랑하다가도 금세 우울해져요.

실컷 울고 나면 다시 평정심을 되찾는 것 같은데,

항상 사랑에 빠져 있지요.

파우스트   이런 뱀 같은 자식! 뱀이 따로 없어!

메피스토펠레스   (혼잣말로) 두고 봐!

내 너를 꼭 내 뜻대로 할 거야!

파우스트   이 흉악한 놈아, 여기서 꺼져!

그리고 그 아리따운 여인의 이름은

입 밖에 내지도 말게!

달콤한 그녀의 육체를 탐하는 욕망을

반쯤 제정신이 아닌 내 머릿속에 자꾸 일으키지 말라고!

메피스토펠레스 그럼 어쩌려고요?

그녀는 당신이 도망쳤다고 생각한답니다.

그리고 어찌 보면 당신은 그런 셈이죠.

파우스트 난 그녀의 곁에 있어.

내 아무리 멀리 떨어져 있어도

그녀를 잊어버리지도, 잃어버리지도 않을 거야.

그래, 주님의 성체마저도 질투가 난단 말일세.

그녀의 입술이 입 맞추는 곳이라면 전부.

메피스토펠레스 물론 그렇겠죠!

나도 자주 당신을 질투했거든요.

장미 넝쿨 아래서 풀을 뜯는 그 쌍둥이 때문에요.

파우스트 꺼지라고. 이 뚜쟁이 녀석!

메피스토펠레스 좋아요! 당신은 욕하고

난 그저 웃지요.

남자와 여자를 창조하신 하느님도

기회를 만들어주는 것이야말로

가장 고귀한 사명이라는 걸 금방 깨달으셨죠.

어서 가보기나 해요. 고통이 꽤 심한 것 같던데!

당장 애인의 방으로 가보세요.

그렇다고 죽을 생각일랑 말고.

파우스트　그녀의 품에 안기는 것이

천상의 기쁨인들 뭘 하겠나?

그녀의 가슴에 내 몸을 녹인다 한들!

오히려 내가 그녀에게 해가 되는 건 아닐까?

나는 도망자가 아니더냐? 떠돌이 신세가 아닌가?

목적도 안식도 없는 매정한 인간으로

암석에서 암석으로 떨어지는 폭포처럼

심연을 향해 탐욕을 쏟아내는 자가 아니던가?

그 한쪽에는 어린아이 같은 순수한 마음씨의 그녀가

알프스 초원의 작은 오두막에 살고 있지.

그녀가 하는 집안일이란 전부

이 작은 세계에 국한될 뿐이야.

그리고 나는, 신이 경멸하는 나라는 인간은

이렇게 바위들을 움켜잡고

산산조각 부수는 것만으로는 만족하지 못한단 말인가!

그녀를, 그녀의 평화를 이리 부숴버려야 하는가!

너, 지옥아, 이 제물을 꼭 받아야만 하는가?

도와다오, 악마여, 이 공포의 시간을 줄여다오!

꼭 일어나야 하는 일이라면 당장 해치우자고!

그녀의 숙명이 나에게 무너져내려

그녀가 나와 함께 지옥에 떨어진다 해도!

메피스토펠레스 또 흥분했군! 또 타올랐어!

어서 가서 달래주라니까, 이 바보가!

저런 머리 나쁜 놈들은 당장 출구가 보이지 않으면

꼭 그걸로 모든 게 끝이라 생각한다니까.

용감한 자들만이 살아남는다!

그사이에 꽤 악마다운 모습을 익혔나 보군.

이 세상에서 절망에 빠진 악마보다

하찮은 건 그 무엇도 없지.

그레트헨의 방

그레트헨 (물레 앞에 혼자 앉아)

내 평온은 어딘가로 사라지고

내 마음은 이리 무겁다네.

그 어디에서도 더 이상

안식을 찾을 수 없구나.

그분 없는 이 세상은

내겐 무덤이라네.

온 세상은 내게
그저 쓰레기일 뿐.

내 가련한 머리는
미쳐버리고,
내 가련한 마음은
가리가리 찢겼다네.
내 평온은 어디론가 사라져,
내 마음은 이리 무겁다네.
그 어디에서도 더 이상
안식을 찾을 수 없구나.

그분이 오시나 하여
창밖만 바라보네.
그분이 계신가 하여,
집밖으로 나와보네.

그분의 당당한 발걸음,
고귀한 자태,
입가에 머물던 미소,
강렬한 눈빛,

그리고 마법처럼 나를 홀리던
유창한 말솜씨,
그의 손길, 아아!
그리고 그 키스!

내 평온은 어딘가로 사라지고,
내 마음은 이리 무겁다네.
그 어디에서도 더 이상
안식을 찾을 수 없구나.

그분만을 그리는
이 가슴이
그분에게 향해
그분을 붙잡고,

그분을 꼭 껴안고,
그분에게 키스하고프네.
내 그분의 키스에
사라져도 좋으리라!

마르테의 정원

(마르가레테, 파우스트)

마르가레테 어서 말해봐요, 하인리히!

파우스트 내가 할 수 있는 일이라면!

마르가레테 그렇담 말해보세요.

그렇담 말해보세요.

종교에 대해 어떻게 생각하시나요?

당신은 진정 좋은 분이시지만,

내 생각에 종교는 별로 생각하시지 않는 것 같아요.

파우스트 그런 얘긴 그만하지.

그대는 분명 내 사랑을 느끼잖소.

내 사랑에는 온몸과 피까지 내 전부를 다 건다오.

그 누구도 자신의 감정과 교회에 대한 생각을

타인이 훔치길 바라지 않는다오.

마르가레테 그건 옳지 않아요. 무조건 믿어야 해요!

파우스트 믿어야 한다고?

마르가레테 아! 당신을 위해

제가 뭐라도 할 수 있으면 좋으련만!

신성한 성사 같은 것도 존중하지 않으시죠?

파우스트 존중하오.

마르가레테   주변의 강요 때문이 아닌

마음에서 우러나와야죠.

미사나 고해 성사하러 안 간 지도 오래됐을 거예요.

하느님을 믿으세요?

파우스트   내 사랑, 자신이 하느님을 믿는다고

그 누가 자신 있게 말할 수 있을까?

목사나 현자에게 물어보시오.

그들의 답을 들으면 아마도 묻는 사람만 이상해질 테니.

마르가레테   그래서 믿지 않는다는 건가요?

파우스트   내 말을 오해하지 마요. 사랑스런 당신!

하느님에게 누가 이름을 붙인단 말이오?

그 누가 하느님을 믿는다고 자신 있게 말할 수 있을까.

누가 또 가슴으로 느끼면서도 감히 나서서

하느님을 믿지 않는다고 말할 수 있을까 말이오.

그분은 모든 것을 품어주고, 모든 것을 감싼다오.

당신과 나 그리고 스스로까지

품어주고 감싸주지 않던가?

저 위로 하늘이 드리우지 않느냐 말이오.

여기 발밑에는 굳건한 땅이 있고

영원한 별들이 다정하게 반짝이며

하늘에 떠오르지 않소?

당신의 눈 속에 보이는 내 눈이 보이지.

그러면 모든 것이 당신의 머리와

당신의 마음속에 몰려와

영원한 신비로움 속에서 잡힐 듯 잡히지 않을 듯,

서로 손에 손을 잡는 모습 말이오.

그걸로 당신의 마음을 가득 채우시오.

행복감으로 더 없이 가득 차오르면,

그것을 당신이 바라는 대로 부르시오.

행복이든! 마음이든! 사랑이든! 신이든!

나는 그걸 어찌 불러야 할지 모르겠소!

그저 느낌이 전부요.

이름이란 소음과 연기에 지나지 않소.

하늘의 불빛을 그저 흐리게 하는.

마르가레테   모두 옳고 정말 멋진 말이세요.

저희 신부님도 비슷한 말을 하셨죠.

단지 표현이 약간 달라서 그렇지요.

파우스트   하늘 아래 살고 있는 어느 누구나

각자의 말로 표현한다오.

그러니 나 역시 왜 그렇지 않겠소?

마르가레테   들어보면 분명 그럴듯해요.

하지만 그래도 뭔가 맞지 않아요.

당신이 기독교를 믿지 않아서 그래요.

파우스트   이보시오, 내 사랑!

마르가레테   전 당신이 그자와 함께 다니는 걸

보면서 오래전부터 마음이 아픈걸요.

파우스트   왜 그렇단 말이오?

마르가레테   당신 곁에 있는 그자 말이죠.

그를 떠올리면 마음 깊은 곳에서부터 불신이 차올라요.

이제껏 살면서도 심장을 비수로 찌르는

이런 고통을 겪어본 적이 없어요.

인간이라 보기에 아주 징그러운 얼굴을 했잖아요.

파우스트   내 사랑, 그를 두려워 마오!

마르가레테   그의 존재만으로도 피가 끓어올라요.

원래 전 모든 사람을 좋게 생각하거든요.

하지만 제가 이리 당신을 보고 싶어도

그 인간만 생각하면 공포가 절 덮쳐요.

무뢰한 악당처럼 보인다니까요!

제 생각이 잘못됐다면 하느님, 이런 절 용서해주세요!

파우스트   세상에는 그런 괴짜도 필요하다오.

마르가레테   그런 자와는 절대 함께하고 싶지 않아요!

그 인간이 문을 열고 이리 들어올 때마다

항상 조롱하는 눈초리로 바라보지요.

그리고 뭔가 화가 난 모습이에요.

연민의 정 같은 건 없어 보여요.

그 사람 이마에는 사랑은 전혀 모른다고 쓰여 있어요.

당신 품 안에서는 이렇게

편하고 자유롭고 포근하고 따뜻한데,

그자만 나타나면 마음이 답답해요.

파우스트   그대, 불길한 예감에 떨고 있는

천사 같은 그대!

마르가레테   그런 생각이 저를 사로잡을 때면

그 인간이 어디에서 우리를 향해 오든 간에

당신을 사랑하는 이 마음조차도 사라져요.

그뿐인가요.

그 인간이 저기 버티고 있으면 기도도 못 해요.

그런 느낌이 내 마음을 점점 잠식하지요.

하인리히, 당신도 분명 그렇지 않나요?

파우스트   아무래도 그를 혐오하는 것 같군!

마르가레테   전 이제 가야겠어요.

파우스트   아아, 잠시라도 당신의 품에 편안히 안겨

가슴과 가슴을 맞대고

서로의 마음을 주고받을 수는 없는 거요?

마르가레테   아, 제가 혼자 잘 수만 있다면!

220

당신을 위해 오늘 밤 빗장을 열어둘게요.

하지만 어머니는 깊이 잠을 자지 않아요.

만약 어머니에게 들킨다면 전 그 자리에서 죽음이에요!

파우스트 나의 천사여,

그런 곤란한 일은 일어나지 않소.

여기 이 작은 병을 받으시오!

어머니의 음료에 세 방울만 넣어요.

그러면 아주 깊은 잠에 빠지실 거요.

마르가레테 당신이 바라신다면

제가 뭔들 못하겠어요?

하지만 어머니를 다치게 하는 건 바라지 않아요!

파우스트 그렇다면 내가 어찌 당신에게 권하겠소?

마르가레테 최고의 신사인 당신만 바라보면

나도 모르게 당신의 말을 따르게 돼요.

이미 당신을 위해 많은 일을 해서

이젠 더 이상 해드릴 일도 없을 것 같아요.

(퇴장)

(메피스토펠레스가 등장한다.)

메피스토펠레스 풋내기 같으니라고!

그 계집은 갔나요?

파우스트 또 엿들었나?

메피스토펠레스 처음부터 모조리 잘 들었죠.

선생과 둘이서 교리문답을 하더군요.

부디 효과가 있었길 바랄게요.

처녀들이라면 누구나 남자가

옛 풍습대로 신앙심이 깊고 소박한지

관심이 매우 깊답니다.

그걸로 그 사람이 자기들 말도 잘 들을지 판단하죠.

파우스트 이 괴물 같은 놈,

네놈이 제대로 알 턱이 없지.

참된 사랑으로 가득한 그녀가

자신의 신앙을 유일한 구원으로 삼으며

혹시라도 자신이 사랑하는 사람을

잃어버리는 건 아닌지 전전긍긍하는 그 마음을 말이야.

메피스토펠레스 당신은 정말 초감각적인 구애자요.

저 어린 계집애의 술수에 놀아나다니.

파우스트 이런 똥과 불에서 태어난 괴물이!

메피스토펠레스 그런데 그 어린 계집이

관상은 제법 잘 보더군요.

내가 있으면 이상하게도 기분이 안 좋다니,

이 가면이 속에 든 생각이라도 보여주는 건가.

그 아이는 내가 분명 천재이거나

아니면 악마라는 사실을 느끼고 있어요.

그나저나, 오늘 밤은 어쩔 셈이죠?

파우스트   그게 너와 무슨 상관인가?

메피스토펠레스   나도 무척이나 기쁘기 때문이지요!

우물가에서

(물동이를 든 그레트헨과 리스헨)

리스헨   너 혹시 베르벨헨 얘기 들었니?

그레트헨   아니 못 들었어.

난 요즘 사람들을 거의 못 만났거든.

리스헨   그렇구나. 지빌레가 오늘 말해줬는데,

결국 속아 넘어가고 말았대.

그렇게 온갖 잘난 척은 다하고 다니더니!

그레트헨   대체 왜 그러는데?

리스헨   이거 참 남세스러워서, 원!

이제 두 사람 몫을 먹고 마신다지.

그레트헨　어머나!

리스헨　결국 그렇게 될 게 오고만 거지.

그놈을 얼마나 오랫동안 쫓아다녔니!

마을이나 무도회장 할 것 없이 여기저기 다니면서

그에게 파이와 포도주를 항상 먼저 권했잖아.

걔는 자기가 예쁘다고 생각했던 거지.

전혀 부끄러운 기색도 없이

그가 준 선물을 덥석덥석 받더라고.

정말 자존심도 없지.

그렇게 빨고 핥고 비벼대더니,

결국 꽃송이가 떨어진 거야!

그레트헨　이런 불쌍한 것!

리스헨　불쌍할 것도 없어!

우리가 밤마다 어머니 때문에

물레 앞에 앉아 남겨진 일을 할 때,

그 애는 문 밖의 벤치나 어둔 골목에서

애인과 붙어서 달콤한 시간을 보냈잖아,

시간 가는 줄도 모르고서.

이제 교회 회개 시간에 죄인으로 낙인이 찍혀

머리를 조아리고 참회하는 일만 남았지.

그레트헨　분명 그 사람이 아내로 맞이하겠지.

리스헨 그건 바보나 그렇지!

그 재빠른 놈은 어디 가나 편히 숨을 쉬거든.

그놈은 벌써 도망쳤대.

그레트헨 정말 안 됐다!

리스헨 그 남자랑 결혼한다 해도 모든 문제가 해결되지는 않아.

남자들은 그애한테서 화환을 빼앗을 거고,

우리는 그 애의 문지방에 여물을 뿌리겠지!

(퇴장)

그레트헨 (집으로 돌아가며) 불쌍한 처녀가

실수로라도 잘못을 저지르면

나 역시도 온갖 심한 말을 퍼부었어!

남의 잘못엔 갖은 욕을 다 써가며 욕했지!

검게 보이면 그 검은 곳을 더욱더 검게 칠했어.

그래도 만족하지 못했어.

스스로를 대견하다 생각하며 잘난 척했지.

그런데 이제 내 스스로 그 죄와 대면하게 되다니!

하느님! 하지만 절 이렇게 만든

모든 것이 너무나 좋았어요!

너무나 사랑스러웠어요!

성 안쪽의 길

(성벽의 벽감에 예수의 수난을 애통해 하는 성모상이 있고, 그 앞에
꽃병이 놓여 있다.)

그레트헨   (꽃병에 싱싱한 꽃을 꽂으며)
　　　고통에 찬 성모님이시여,
　　　당신의 얼굴로 자비로이
　　　제 고통을 보살펴주세요!

　　　가슴에 꽂힌 비수 때문에
　　　극심한 고통을 겪으시면서
　　　아들의 죽음을 지켜보는군요.

　　　하늘에 계신 아버지를 올려다보며
　　　그분의 고통과 당신의 고통에
　　　탄식하시는군요.

　　　누가 느낄 수 있을까요?
　　　뼛속을 스미는
　　　이 고통을?

가련한 내 마음이 뭘 두려워하는지,
이 심장이 왜 떨고 있는지,
뭘 갈구하는지,
오로지 당신만은 알 겁니다!

어디로 가더라도,
고통스러워요.
아파요. 아주 아픕니다.
내 가슴속 이곳이 말이에요!
전 말이죠. 아아!
혼자 있을 때마다
슬피 운답니다.
눈물이 흐르고 또 흘러요.
내 심장이 부서질 것만 같아요.

제 창문 앞에 놓인 화분을
눈물로 적시면서, 아아!
오늘 아침 일찍 당신께 드릴
이 꽃들을 꺾었답니다.

이른 아침 햇살이

제 방을 밝게 비추기도 전에,

홀로 비탄에 잠겨 벌써

제 침대에 앉아 있었어요.

도와주세요! 이 치욕과 죽음에서

부디 절 구원해주세요!

고통에 찬 성모님이시여,

아, 당신의 얼굴로 자비로이

이 고통을 굽어 살펴주세요!

밤

(그레트헨 집 대문 앞의 거리)

발렌틴 (군인, 그레트헨의 오빠)

술자리에 앉아 있으면 대부분

자기 자랑을 늘어놓기 마련이지.

그 녀석들은 자신이 아는 처자들은 모두 끄집어내

술잔 가득히 술을 따라 마시며 찬양을 해대지.

그럴 때면 나는 턱을 괴고

내 자리에 느긋하게 앉아서

그들의 허풍을 모두 귀담아 들어주고

미소 지으며 내 수염을 쓰다듬곤 하지.

그리고 가득 채운 술잔을 손에 들고 외친다네.

모두 제 눈에 안경이야!

그렇지만 온 나라를 눈 씻고 찾아봐도

사랑스런 내 여동생,

그레트헨만 한 아가씨가 또 있을까?

그래! 그래! 딸랑! 딸랑!

그렇게 술이 한 차례 돌고, 그중 누군가가 외쳤어.

그래, 이 친구 말이 맞아.

그 아이라면 온 여자들 중에서도 자랑거리이고말고!

그때 실컷 애인 자랑하던 녀석들도 입을 다물었어.

그런데 말일세!

난 머리카락을 쥐어뜯고,

머리를 벽에 들이박고 싶은 마음뿐일세!

온갖 녀석들이 빈정대고 콧방귀 뀌며

욕하는 소리를 들어야 한다니!

무능력한 빚쟁이가 되어 여기 쪼그리고 앉아

대수롭지 않은 말에도 이리 진땀만 흘리는 꼴이라니!

저놈들을 모두 내동댕이치고 싶지만

녀석들 말이 모두 거짓말이라 단언할 수 없으니 어쩌랴.

저기 누가 오는 거지?

저기 살금살금 다가오는 녀석들!

그래, 틀림없어. 바로 그 두 놈이 분명해.

그 녀석이라면 가죽채로 붙잡아 이 자리에서

결코 산 채로 돌려보내지 않겠어!

(파우스트, 메피스토펠레스 등장)

파우스트　성당 성물납실 창문으로 보면

앞쪽엔 성체 등불이 환하게 빛나지만

옆으로 갈수록 그 빛이 흐릿해지다가

사방에 암흑이 드리우는구나!

내 가슴속도 저처럼 깜깜한 밤만 같다.

메피스토펠레스　내 꼴이 소방용 사다리 곁을 지나

담벼락을 따라 살금살금 기어가며

설레는 마음에 두근대는 고양이 같습니다.

이거야말로 저에게 몸소 덕을 베푸는 거지요.

약간의 도둑질에, 약간의 색정을 더해서 말이지요.

벌써부터 온몸 구석구석에

근사한 발푸르기스의 밤이 느껴지는군요.

모레면 다시 그 밤이 돌아와요.

그날이면 사람들이 왜 밤을 새우는지 알게 된답니다.

파우스트　그런데 저기 보물이 위로 드러난 건가?

저기 뒤쪽에 불빛이 보이잖아?

메피스토펠레스　이제 곧 보물 상자를 캐내는

기쁨을 경험하게 될 겁니다.

최근에 슬쩍 안을 들여다봤더니

사자 문양이 새겨진 화려한 금화가 들어 있더이다.

파우스트　장신구는 없던가? 반지는 하나도 없나?

내 사랑스러운 애인을 꾸며줄 그런 건 없냔 말이다.

메피스토펠레스　그럴 만한 걸 보기는 했는데 말이죠.

진주를 꿰어놓은 끈 같은 것이 하나 있었어요.

파우스트　잘됐구나!

선물 하나 없이 그녀를 찾아가는 것이

마음이 아프던 참에 말이야.

메피스토펠레스　공짜로 즐기는 걸

그렇게 마다할 필요는 없지요.

하늘에 별들이 그 빛을 가득 비추는 지금,

내 멋진 노래를 하나 들려줄게요.

도덕적인 내용의 노래를 하나 부르려고요.

그녀의 마음을 확실히 잡도록 말이에요.

(치터를 뜯으며 노래한다.)
이리 이른 새벽 여기
애인의 문 앞에서
무엇을 하는 거냐?
사랑스런 카트리나야.
안 돼. 안 된다고!
그 녀석은 너를 처녀로
집 안에 들이겠지만,
돌려보낼 때는
더 이상 처녀가 아니리.

조심해라!
그저 뜻을 이루고 나면
안녕이라 작별할 뿐이지,
이 불쌍하고 가련한 것아!
누군가를 사랑하더라도
자신을 아낀다면,
절대로 도둑에게
몸을 주면 안 되느니,

손가락에 반지를 껴주지 않는다면.

발렌틴 (앞으로 나선다.)

여기서 누구를 꾀려고? 이런 나쁜 자식!

이런 빌어먹을 쥐잡이 녀석!

네놈의 악기부터 악마에게 보내주지!

그다음은 노래를 부른 놈 차례다!

메피스토펠레스 치터가 두 동강이 났잖아!

이제 완전히 망가져버렸어.

발렌틴 이제 네놈의 두개골을 박살 내주마!

메피스토펠레스 (파우스트에게)

선생, 피하지 마쇼! 어서 힘을 내 덤벼요!

내 곁에 꼭 붙어서 내가 시키는 대로만 해요.

어서 칼을 뽑아들어요! 그리고 찔러버려요!

방어는 내가 할 테니까.

발렌틴 그럼, 어디 한번 막아보시지!

메피스토펠레스 여부가 있겠나!

발렌틴 이것도 막아보시지!

메피스토펠레스 그야 물론이야!

발렌틴 꼭 악마와 싸우는 것 같구나!

도대체 왜 이러지? 손이 벌써 얼얼하다니.

메피스토펠레스 (파우스트에게) 어서 찔러요!

발렌틴 (쓰러진다.) 윽, 내가 당하다니!

메피스토펠레스 저 무례한 놈이 이제 얌전해졌군!

　　　어서 서둘러요! 이제 이곳을 빨리 떠나야 해요.

　　　벌써 '살인이야' 하는 비명이 들리잖아요.

　　　경찰과 마주치면 내 상대하는 법을 알고 있지만,

　　　사형을 내리는 재판은 나도 어쩌지 못한다고요.

마르테 (창가에서) 나와 봐요! 어서 나와 봐요!

그레트헨 (창가에서) 어서 등불을 가져와요!

마르테 (전과 마찬가지로)

　　　사람들이 서로 욕을 하며 치고받더니 싸우더라고요.

　　　비명을 지르고 칼부림을 했다니까요.

사람들 저기 사람이 죽어 있어요!

마르테 (밖으로 걸어 나오며) 살인자들은 도망쳤나요?

그레트헨 (밖으로 걸어 나오며) 쓰러져 있는 사람은 누구죠?

사람들 네 어머니의 아들이다.

그레트헨 전지전능한 하느님이시여!

　　　도대체 이게 무슨 일이란 말인가요?

발렌틴 이렇게 죽는구나!

　　　늘 곧 죽을 거라 말했지만,

　　　내가 생각했던 것보다 이렇게 쉽게 죽을 줄이야.

당신 여편네들은 왜 여기서 흐느끼고 울부짖는 게요?

어서 이리 와 내 말 좀 들어봐요!

(모두가 발렌틴 주변으로 다가간다.)

나의 그레트헨, 보거라!

넌 아직 어리고, 아직 세상 물정을 알 정도로

영리하지 못해 그릇된 행동을 하였구나.

내 네게만 하는 말이지만 말이다,

너는 이제 창녀나 다름없다.

창녀밖에 될 것이 없구나!

그레트헨 오라버니! 아, 하느님!

어찌 내게 그런 말을 하는 거죠?

발렌틴 더 이상 하느님을 들먹이지 말거라!

안타깝지만 이미 엎어진 물은 담을 수 없는 법,

그렇게 앞으로 네가 갈 길은 이미 정해져 있어.

처음에야 은밀하게 한 놈이랑 시작했겠지만.

곧 여러 놈들이 꼬이겠지.

그리고 열두 놈이 너한테 달라붙으면,

이후 온 마을의 노리개가 될 것이다.

그러다 치욕의 씨가 잉태되면

남몰래 세상에 낳겠지.

그 치욕의 머리와 귀에다

아마 밤의 베일을 덮어놓겠지.

아니, 아예 죽여버리고 싶을 거다.

그러나 그 아이는 점점 자라나 으스대겠지.

대낮에도 그 베일을 벗고

아무렇지 않게 돌아다닐 거야.

몰골은 그리 흉악한데.

밝은 대낮의 햇빛을 탐할수록

그 꼴은 더욱더 흉측해지리라.

마을의 점잖은 사람들이

모두 마치 전염병에 걸린 시체를 보듯

창녀인 너를 피해가겠지.

그 사람들과 눈을 마주칠 때

차라리 네 심장이 멈춰버리면 좋으련만!

더 이상 금목걸이도 하지 못할 게다!

교회에 가면 제단 앞에도 서지 못할 거고!

아름다운 레이스 깃이 달린 옷을 입고

무도회에 가서 즐겁게 춤을 추지도 못하겠지!

거지나 병신들이 기거하는 어두컴컴한 움막에서나

너를 받아주겠지.

설사 하느님께서 널 용서하신다 해도,

넌 이 지상에서는 그 저주에서 벗어나지 못하리라!

마르테 당신의 영혼이나 하느님의 자비를 구하지,

아님 모독죄까지 더할 셈이오?

발렌틴 이 더러운 뚜쟁이 여편네야,

내 네 깡마른 몸뚱이에 닿을 수만 있다면!

그러면 내가 지은 모든 죄를 모두 다 용서받을 텐데!

그레트헨 오라버니!

이런 끔찍한 일이 벌어지다니 마치 지옥 같아요!

발렌틴 내 이리 말하잖아. 당장 눈물 좀 그쳐라!

네가 스스로 정절을 던져버린 순간

이미 이 가슴에 비수를 맞은 거다.

이제 나는 죽어 잠들어 하느님께 간다.

정직한 군인의 모습으로.

(숨을 거둔다.)

대성당

(장례 미사, 오르간과 노랫소리)

(모여든 사람들 사이에 그레트헨이 섞여 앉아 있고, 그레트헨 뒤에는 악령이 서 있다.)

악령　달라졌구나, 그레트헨.

　　　예전에는 순진한 모습으로 여기 제단에 섰지.

　　　귀가 접힌 「기도서」를 보며 기도를 흥얼대고,

　　　반쯤은 어린애 장난하듯

　　　그리고 반은 진정 하느님을 생각했지!

　　　그레트헨! 도대체 무슨 생각을 하느냐?

　　　네 마음속에 깃든 그 죄악은 대체 뭐란 말이냐?

　　　너로 인해 기나긴 고통의 영면에 빠진

　　　네 어미를 위해 기도하느냐?

　　　네 문지방의 피는 누구의 것이지?

　　　네 심장 아래에서 뭔가 자라나고 있지 않느냐.

　　　불길한 예감이 드는 그 존재로 인해

　　　스스로 두려워 떨고 있지 않느냐?

그레트헨　고통스럽구나! 고통스러워!

　　　이 생각을 떨쳐버릴 수만 있다면!

제멋대로 내 마음속 곳곳을 누비며 나를 괴롭히는구나!

합창 하느님이 진노하는 날,

이 세상은 잿더미로 변하리라.

(오르간 소리)

악령 진노가 너를 움켜쥐리라!

심판의 나팔 소리 울려 퍼지리라!

무덤들이 진동한다!

그리고 잠자던 네 영혼은

재의 평온함 속에서 나와

불길의 심판을 받으며

고통 속에서 파르르 떨리리라!

그레트헨 여기서 나갔으면 좋겠어!

오르간 소리가 내 숨을 멎게 하고

노랫소리가 내 심장의 가장 깊숙한 곳까지

울려 퍼지는 것 같아.

합창 재판관이 법정의 자리에 앉으면,

숨겨진 일들이 모두 밝혀지고,

응징을 모면할 수 없으리라.

그레트헨 아, 너무나 답답해!

기둥들이 나를 둘러싸고!

천장이 날 내리누르는 것만 같아! 공기가 필요해!

악령 아무리 네 몸을 숨겨도!

네 죄와 치욕은 숨겨지지 않으리라!

공기? 빛이 필요한가?

가련하다!

합창 불쌍한 이 몸,

그때 가서 제가 뭐라 말하오리까?

누구에게 나를 감싸달라 말하오리까?

올바른 자도 안심할 수 없는 마당에.

악령 거룩한 이들은 너를 외면하리라.

네게 손을 내미는 것조차 순결한 이들은 꺼리리라.

참으로 가련하다!

합창 불쌍한 이 몸,

그때 가서 제가 뭐라 말하오리까?

그레트헨   아주머니! 향수병 좀 주세요!

(정신을 잃고 기절한다.)

발푸르기스의 밤

(하르츠 산맥, 시에르케와 엘렌트 근방)

(파우스트와 메피스토펠레스)

메피스토펠레스   대빗자루 같은 게 필요하지 않아요?

튼튼한 염소나 한 마리 있으면 좋으련만.

아직 목적지까지 가려면 한참이나 남았어요.

파우스트   이 두 다리가 쓸 만한 동안은

이 옹이 지팡이 하나면 충분하네.

지름길을 택한다 해서 뭐가 좋단 말인가!

미로 같은 계곡 사이를 돌아다니며,

바위 위로 오르기도 하고

콸콸 쏟아지는 샘물을 바라보는 것,

그런 게 이런 골짜기를 걷는 묘미가 아닌가!

벌써 자작나무에 봄기운이 완연하고,

가문비나무도 이리 벌써 봄을 느끼는데,

우리 몸도 이 봄기운을 느끼지 않겠는가?

메피스토펠레스 확실히 난 그런 걸 전혀 느끼지 못하겠소!

내 몸속은 아직 겨울이라니까요.

내가 가는 이 길에 눈과 서리가 쌓여 있다면 좋겠어요.

불완전한 붉은 달이 뿌리는 흐린 빛이 정말 애처롭군요.

너무나 흐려서 그 빛을 따라 걷다가

나무나 바위로 뛰어들 것만 같아요!

괜찮다면 도깨비불을 부르려 해요!

마침 저기 한 놈 보이는군요.

우스꽝스럽게 활활 타고 있어요.

거기! 이보게, 친구! 내 부탁 좀 들어주겠는가?

뭐 하러 그리 헛되이 활활 타오르고 있나?

이리로 와서 저 위로 가는 길 좀 밝혀주게!

도깨비불 송구스럽게도 저의 가벼운 천성을

억누를 수 있기를 바랄 뿐입니다.

우리들은 원래 지그재그로 걷는 게 습관이 되어서요.

메피스토펠레스 아이고, 원! 사람 흉내를 내려 하느냐.

악마의 이름으로 명하노니 똑바로 가거라!

그렇지 않으면 네 가물가물한 그 목숨을

훅 불어 꺼버릴 테니.

도깨비불 나리께서 우리 문중의 어른이신 건

분명히 잘 알고 있습니다.

그러니 최대한 어르신이 바라는 대로

편안히 모시겠습니다.

그렇지만 오늘은 온 산이

마법으로 날뛰고 있음을 고려해주세요!

그저 도깨비불한테 길 안내를 맡겨놓고

정확하기만을 기대하면 안 되지요.

파우스트, 메피스토펠레스, 도깨비불   (돌아가며 노래한다.)

꿈과 마법의 세계로

들어선 것 같구나.

우리를 제대로 안내하고

예를 얻으라.

앞으로 걷다 보면

곧 도착하리.

드넓은 황야로!

첩첩이 이어지는

나무들을 보아라.

우리 뒤로 얼마나 빠르게

스쳐 지나가는가.

게다가 절벽들은

허리를 구부리고,
암석의 긴 코들은 바람 소리처럼
코를 고는구나!

바위틈 사이로,
풀밭 사이로
냇물과 도랑물이 흘러내린다.
내 귀에 들리는 이 소리는
물소리인가?
노랫소리인가?
감미로운 사랑의 탄식인가?
천상의 나날을 보내는 목소리인가?
우리가 바라고 사랑하는 것!
메아리되어 옛 전설처럼 울려 퍼지네.

부엉! 부엉! 부엉이
소리는 가까워지고,
올빼미, 댕기물떼새, 어치의 울음소리
아직 모두 깨어 있단 말인가?
덤불 사이에 저것은 도롱뇽인가?
다리가 길고, 배가 불룩하구나!

나무뿌리들은 뱀처럼 구불구불

바위와 모래를 뚫고 나와

기묘한 올가미 모양을 이루고는

깜짝 놀란 우리를 붙잡으려 하네.

마치 살아 있는 것 같은 그루터기에서

문어발 같은 뿌리가 나그네를 향해 뻗네.

형형색색의 쥐들은 떼를 지어

이끼와 황야를 누비고 다니네.

반딧불이도 간결히 줄을 이어

무리 지어 날아다니며

어지러이도 우리의 길잡이가 되려 하네.

하지만 말해다오.

우리가 멈춰 선 거냐?

아니면 계속 나아가고 있는 건가?

모든 것이 전부 빙빙 도는 것 같다.

얼굴을 찡그린 바위와 나무들,

그리고 수가 늘어나면서

불어나는 도깨비불마저도.

메피스토펠레스 내 옷자락을 꼭 잡아요!

여기가 가운데 산봉우리오.

재물의 신, 맘몬의 산이 얼마나 빛나는지

보는 이를 경이롭게 하죠.

파우스트　새벽녘의 희미한 붉은빛이

저 계곡 아래서부터 참으로 기이하게 빛나는구나!

골짜기의 깊은 입구까지 깊숙이 스며든다.

저기서 증기가, 안개가 피어오르고,

여기서는 증기 사이로 빛이 퍼져 나와

섬세한 실처럼 슬며시 퍼져 샘물처럼 갑자기 솟구친다.

이편에서는 수백 개의 혈관을 타고 온

계곡을 둘러싸고 전 구역을 휘감더니

비좁은 구석에 가서 제각각이 된다.

저기 가까운 곳에서 불꽃들이 튀니

마치 금모래가 흩날리는 것 같구나.

저기를 보라! 저 꼭대기까지 암벽에 불이 붙었구나.

메피스토펠레스　이 축제를 위해

황금의 신 맘몬이 궁전을 화려하게 밝힌 게 아닐까요?

이런 장관을 두 눈으로 목격하다니 참으로 행운이에요.

저기 엄청난 손님이 몰려오는 것 같군요.

파우스트　회오리바람이 공중을 미친 듯 질주하네!

내 목덜미를 세차게 후려치는군.

메피스토펠레스　바위의 단단한 부분을 꼭 잡으시오.

그렇지 않으면 저 아래로 떨어져

심연의 무덤으로 직행한답니다.

안개가 밤을 더 짙게 만드네요.

들어봐요! 숲에서 우지끈 나무가 부러지는 저 소리를요!

부엉이들도 깜짝 놀라 날아가고,

영원히 푸른 궁전의 기둥들이 부러지는 저 소리를요.

나뭇가지들은 굉음과 함께 부러지고,

나무둥치들은 쿵하고 쓰러지네요!

뿌리들은 우지끈 소리를 내며

마냥 입을 헤벌리고 끔찍하게 엉켜 넘어지면서

엎치고 덮치며 우지끈 소리와 함께 부러지는군요.

그 잔해 더미가 쌓인 골짜기를 누비며

바람이 세차게 울부짖어요.

저 높이 허공을 울리는 소리가 들리나요?

멀리에서, 가까이서 들리지 않나요?

그렇소, 산 전체에 미쳐 날뛰는

마법의 노래가 회오리치고 있어요!

마녀들 (합창한다.)

브로켄 산으로 마녀들이 모여든다네.

그루터기는 누렇고 새싹은 푸르다네.

그곳에 엄청난 마녀 무리가 모여드네.

가장 상석에 우리안 나리가 앉아 있구나.

그렇게 바위를 넘고 그루터기를 넘어가네.

마녀는 방귀를 염소는 냄새를 풍기지.

목소리 나이 든 바우보 할멈은 혼자 왔다네.

암퇘지를 타고 왔지.

합창 존경을 받아 마땅한 분에게

어서 존경을 표하라!

바우보 할멈, 길을 안내하라!

튼튼한 돼지 한 마리

그 위에 위대한 어머니가 앉았구나.

온 마녀 무리가 그 뒤를 따른다네.

목소리 당신은 어느 길로 왔느냐?

목소리 일젠슈타인을 지나왔어요.

오다가 저기 부엉이 둥지 안을 보았지요.

큰 눈을 동그랗게 뜨고 있더군요.

목소리 오, 이 빌어먹을 것! 왜 이리 빨리 달리느냐!

목소리 부엉이가 나를 괴롭히네.

여기 피부에 난 상처를 좀 보라고!

마녀들 (합창) 길은 넓고, 갈 길은 멀다네.

그런데 다들 왜 이리 미친 듯 날뛰는 게지?

쇠스랑이 찌르고, 빗자루에 긁히네.

태아는 질식하고, 어미는 오열하는구나.

마법사들   (절반만 합창)

우리는 집을 짊어진 달팽이처럼

슬금슬금 기어가지.

여편네들은 벌써 저 멀리 갔다네.

악의 집을 향해 가는데

여편네들은 이미 수천 걸음을 더 떼었다지.

나머지 절반

그게 무슨 대수야,

여자들이 수천 걸음쯤 앞서 있다 해도,

아무리 여자들이 서두르려 한다 해도,

남자는 한 걸음 펄쩍 뛰면 다 따라잡거늘.

목소리   (위에서)

암석에 둘러싸인 호수에서 어서 나와요!

함께 가요. 나와 함께 가요!

목소리   (아래에서)

함께 높이 올라가고 싶어요.

우린 목욕을 해서 윤기가 흐르지만,

영원히 잉태하지 못한답니다.

모두 함께 합창   바람도 멈추고 별은 도망치네.

흐린 달도 몸을 숨기지.

연회에 마법의 합창이 울려 퍼지니

수천의 불꽃이 요란하게 튀어 오르네.

목소리 (아래서) 멈춰! 멈추라고!

목소리 (위에서) 거기 바위틈에서 누가 부르는 거지?

목소리 (아래서) 나도 함께 데려가다오! 나도 데려가!

벌써 삼백 년이나 산에 오르려 했지만

아직도 산꼭대기에 오르지 못했어.

나도 당신들과 함께하고 싶어.

모두 함께 합창   빗자루도 있고, 지팡이도 있어,

쇠스랑도 있고 염소도 있다네.

오늘 밤 오르지 못하는 사람은

영원히 길을 잃어버리리라.

반쪽 마녀 (아래에서)

오랜 시간 동안 이렇게 총총걸음으로 걷고 있어.

그 사이 남들은 벌써 저 멀리 가버렸잖아!

집에서도 마음이 불편하고, 여기서도 마음이 불안하구나.

마녀들의 합창   고약은 마녀에게 용기를 준다네.

넝마 하나면 훌륭한 돛이 되고

통 하나면 훌륭한 배가 된다네.

오늘 날지 못하면 영원히 날지 못한다네.

함께 함창   우리가 산봉우리를 맴돌 때

너희들은 땅바닥을 기어가라.

그리고 이 넓은 황야를

너희 마녀 떼로 뒤덮어라.

(자리 잡고 앉는다.)

메피스토펠레스   밀치고 떠밀고,

정말 시끄럽고 요란하구나!

씩씩대고 우글대고, 당기고 떠드네!

번쩍이고 불꽃이 튀며 고약한 냄새에 불타오르는구나!

마녀들이 갖춰야 할 요소들은 정말 다 있군!

이제 날 단단히 잡아요!

그렇지 않으면 서로 떨어지겠어요.

당신, 어디 있는 거요?

파우스트   (저 멀리서) 나 여기 있다네!

메피스토펠레스 어떻게 된 거지!

벌써 거기까지 밀려났어요?

그렇다면 이제 내 권한을 행사하는 수밖에.

자리를 비켜라! 폴란트 님이 납신다!

자리를 비켜라! 미천한 놈들아,

비키라고! 여기예요. 박사 나리, 날 잡아요!

그리고 이제 단숨에 이놈들에게서 벗어납시다!

나 같은 놈이 보기에도 정말 제정신이 아니군요.

저기 뭔가 유난히 빛나는 게 있네요.

저 덤불 쪽으로 나를 끌어당기네요.

이리 와요, 어서 오라고요! 저 안으로 들어갑시다.

파우스트 넌 정말 모순의 화신이로다!

네가 원하는 대로 나를 이끌라.

생각해보면 정말 잘한 것 같군.

발푸르기스의 밤에 브로켄 산을

이렇게 누비고 다니며

여기 외딴곳에 이렇게 마음대로 은거하고 있으니.

메페스토펠레스 저기 좀 봐요.

불꽃의 색이 참으로 다양하고 아름다워요!

아주 흥에 찬 녀석들이 모두 모였어요.

무리가 적어서 외롭진 않겠어요.

파우스트　　그런데 난 그냥 저 위에 있고 싶네!

　　　　벌써 불꽃과 연기가 솟구치는 모습이 보이지 않나.

　　　　벌써 저 악마를 향해 무리들이 몰려가고 있어.

　　　　그곳이라면 분명 많은 수수께끼가 풀리겠어.

메피스토펠레스　　그렇지만 많은 수수께끼가

　　　　더 생길지도 모르죠!

　　　　저 커다란 세상은 저렇게 날뛰게 그냥 둬요.

　　　　우리는 여기서 조용히 자리나 잡읍시다.

　　　　커다란 세계 속에서 작은 세계를 만드는 것이

　　　　오래전부터 전해 내려오는 관습이랍니다.

　　　　저기 젊은 마녀들은 발가벗고

　　　　늙은 마녀들은 영리하게 잘 가리고 있어요.

　　　　그저 나를 봐서라도 내 말 좀 들어줘요.

　　　　조금 수고해야겠지만

　　　　그 대신 얻는 기쁨은 엄청나니까요.

　　　　악기 연주 소리도 들리네요! 소음이 따로 없군!

　　　　여기에 익숙해져야겠죠.

　　　　그래요, 가요! 가자고요! 어쩌겠어요.

　　　　내가 앞장서서 당신을 이끌어줄 수밖에.

　　　　그리고 새 인연을 만들어드리죠.

　　　　어때요 친구? 여긴 작은 동네가 아니라고요.

저기 좀 봐요! 도무지 끝이 보이지 않는다오.

수백의 모닥불이 줄 맞추어 타오르고,

그곳에서 춤추고 떠들고 요리하고

퍼마시고 사랑을 나누지요.

이제 말해봐요. 이보다 더 좋은 곳이 어디 있단 말이오?

파우스트   우리가 이 안으로 들어가려 한다면 말이지,

마법사 행세를 할 텐가 아니면 악마인 척할 텐가?

메피스토펠레스   나야 신분을 감추는 게 편하죠.

그렇지만 이런 잔칫날에는 훈장을 보여줘야 해요.

내가 이 훈장 때문에 더 멋있어 보이는 건 아니지만,

그래도 이 말발굽은 여기서 대접을 받는답니다.

저기 달팽이가 보이나요? 기어오고 있잖아요.

벌써 저 더듬이로 내게서 뭔가 냄새를 맡았나 봐요.

아무리 내가 바란다고 해도

여기서 나를 감출 수는 없어요.

이제 그냥 갑시다! 모닥불마다 돌아다녀봐요.

선생은 여자를 찾는 구혼자이고 나는 뚜쟁이요.

(꺼져가는 모닥불 가에 앉아 있는 사람들에게)

노인장들, 왜 이렇게 구석에 앉아 있는 거요?

젊은이들이 흥청망청 놀고 있는 저 한가운데서

함께 어울려보면 어떻겠소. 집에서도 늘 혼자 있지 않소.

장군 어찌 국민들의 말을 믿는단 말인가!

   우린 벌써 그들에게 이미 많은 것을 해주지 않았나.

   국민들이나 여자들이나 할 것 없이

   항상 젊음 놈들만을 쫓으니.

재상 요즘 사람들이 정도에서 벗어나서 말이죠.

   옛날이 좋았어요.

   우리가 모든 것을 다스리고 정하던 그 시절이

   진정한 황금시대지.

졸부 우리는 진짜 영리했어.

   하지 말아야 할 짓도 많이 했지만 말이야.

   그저 우리가 한몫 단단히 잡으려는 찰나에

   세상이 이제 완전히 뒤바뀌어버렸어.

시인 이런 세상에 그저 그런 글을 누가 읽습니까?

   그리고 요즘 젊은이들만큼 버릇없던 적도 없었어.

메피스토펠레스 (갑자기 늙은 모습으로 등장한다.)

   최후 심판의 날이 그리 멀지 않았군.

   마녀의 산을 오르는 것도 이제 마지막이겠어.

   내 술통의 술이 탁한 걸 보니

   이 세상도 이제 종말이 다가오나보네.

만물상 마녀 어르신들, 그냥 지나치지 마세요!

   이런 기회를 그냥 놓치면 안 돼요!

제 물건을 주의 깊게 살펴보세요.

여기에 모두 다 있어요.

하지만 우리 가게에 있는 물건들은 전부

이 세상의 어느 것과도 비교할 수 없답니다.

이 세상이나 인간들에게

큰 해를 입히지 않은 물건은 하나도 없지요.

여기 피 맛을 보지 않은 단도는 없지요.

건강한 신체를 먹어치우는

뜨거운 독을 뿌리지 않은 잔도 없지요.

사랑스러운 여인을 꾀어내지 않은 보석도,

맹세를 깨고서 등 뒤에서

상대를 찌르지 않은 검도 없답니다.

메피스토펠레스 아주머니!

어찌 그리도 상황 파악을 잘 못하오?

옛날 것만 늘어놓고 있어요. 그것도 아주 구닥다리만.

어디 새 물건들 좀 내놔봐요.

새로운 물건만이 우리의 관심을 끌 수 있지.

파우스트 조심해야지 이러다 내 정신줄마저 놓겠어!

대체 이게 무슨 시장판이람.

메피스토펠레스 저 무리들은

소용돌이치며 위로 올라가려 해요.

선생이 민다고 생각하겠지만 사실 떠밀리고 있는 거죠.

파우스트   그런데 저건 누구지?

메피스토펠레스   그녀를 잘 봐요! 릴리트예요.

파우스트   그게 누구지?

메피스토펠레스   아담의 첫 번째 아내죠.

저 여자의 아름다운 머리칼에 현혹되면 안 돼요.

그녀가 유일하게 내세우는 장신구라오.

젊은 남자가 거기에 한 번 걸리면

절대로 놓아주지 않는다니까요.

파우스트   저기 늙고, 젊은 여자 둘이 앉아 있네.

이미 제대로 한바탕 뛰어논 것 같은데!

메피스토펠레스   오늘 같은 날 휴식이란 없소.

이제 새로운 춤판이 시작되는가 봐요.

이제 갑시다! 우리도 함께 춥시다.

파우스트   (젊은 마녀와 춤추며)

언젠가 아름다운 꿈을 꾸었다네.

한 그루를 보았지.

예쁜 사과 두 개가 반짝였다네.

사과가 나를 유혹해 나무에 올랐지.

아름다운 마녀   사과가 당신을 원했던 거지.

에덴 시절부터 그랬거든.

정말 즐거움으로 짜릿하다네.

내 정원에도 그런 사과가 있으니.

메피스토펠레스 (늙은 마녀와 춤추며)

언젠가 음란한 꿈을 꾸었지.

그때 갈라진 나무를 보았다네.

아주 큰 구멍이 있었지.

그 구멍은 매우 컸지만,

그럼에도 나는 좋았다네.

늙은 마녀 이렇게 인사를 올립니다.

말발굽의 기사님!

꼭 들어맞는 마개를 준비해요.

큰 구멍도 상관없다면요.

엉덩이 술사 이런 빌어먹을 것들!

여기서 뭣들 하는 게지?

오래전에 이미 알려주지 않았나.

정령은 절대로 두 다리로 걸을 수 없다고.

그런데 이제 우리 인간들처럼 춤을 추다니!

아름다운 마녀 (춤추며)

저 사람, 우리 무도회에서 뭘 바라는 거죠?

파우스트 (춤추며)

하여튼! 저런 놈은 어디에나 있지.

남들이 춤추는 걸 보고 꼭 뭐라 해야 직성이 풀리지.

춤추는 걸 보고 트집을 잡지 않으면 안 된다니까.

우리가 솜씨가 나아지면 더 싫어하겠지.

녀석의 낡은 방아가 그러듯이

제자리서 원을 그리며 돌 때만 잘했다 하거든.

특히 어떠냐고 평을 부탁하면 더 좋아하지.

엉덩이 술사　아직도 거기 있네! 정말 뻔뻔하군!

어서 꺼지라고! 이게 바로 계몽이야!

이런 망할 놈의 악마들의 눈엔 규칙도 뵈지 않는군.

우리가 이리 똑똑하게 구는데도,

테겔에 아직도 이렇게 유령이 득실대다니.

내 유령을 쓸어내려고 그동안 얼마나 노력했던가.

그런데도 아직도 있다니. 정말 이런 뻔뻔한 일이!

아름다운 마녀　이제 좀 그만해요!

우리를 귀찮게 하지 마요!

엉덩이 술사　나 네놈들, 유령들한테 직접 말하겠다.

더 이상 네놈들이 제멋대로 날뛰는 걸 견딜 수 없어.

내 이성이 용납하지 않는단 말이야.

(춤은 계속된다.)

오늘따라 내 뜻대로 되는 일이 없어 보이지만,

내 이 여행기를 가지고 다니니,

마지막 발걸음을 떼기 전

악마와 시인들을 몰아내기만을 바랄 뿐이야.

메피스토펠레스 저놈은 곧 물웅덩이 어딘가

주저앉고 말 거야.

그게 저 사람이 치유하는 방식이거든.

거머리가 엉덩이를 물어뜯이야

정령들과 정신에게서 벗어나게 될 걸.

(춤을 끝내고 나온 파우스트에게)

왜 저런 아름다운 아가씨를 그냥 가게 두죠?

춤출 때 보니 당신에게 애교부리며 노래까지 부르던데?

파우스트 아아! 글쎄 저 여인이

한참 노래를 부르는데 그녀의 입안에서

붉은 쥐가 튀어나오지 않겠나.

메피스토펠레스 그게 뭐 어때요!

그리 불쾌하게 여기지 마요.

잿빛 쥐가 아닌 것만으로도 다행이지 않소.

달콤한 회를 맛볼 수 있는데 누가 그런 걸 따져요?

파우스트 하지만 그다음에 난 봤지.

메피스토펠레스 또 뭘 말이오?

파우스트 이봐, 메피스토.

저기 창백한 모습으로 홀로 앉아 있는

아름다운 소녀가 보이나?

천천히 움직이는 모습이 말이지,

꼭 양발이 묶인 채 걷는 거 같아.

꼭 착한 그레트헨과 비슷하다는 생각이 들더라고.

메피스토펠레스 그냥 둬요!

관여해봤자 좋을 것 하나 없어요.

그저 환영이라고요. 생명도 없는 환상 말이오.

그런 것과 상대해봤자 그저 해로울 뿐이오.

매서운 눈길 한 번으로

인간의 피를 굳어버리게 하고 돌로 만들어버리죠.

메두사 얘기는 분명 들어봤겠죠.

파우스트 그러게 말일세,

사랑하는 이의 손길도 받지 못한 채

이 세상을 떠난 이의 눈이야.

저것은 그레트헨이 내게 허락했던 가슴이고,

저것은 내가 탐했던 달콤한 몸뚱이일세.

메피스토펠레스 저건 마술이라니까요!

정말 바보처럼 그리 쉽게 속아 넘어가다니.

저것은 누구에게나 사랑하는 애인처럼 보인다고요.

파우스트 아아, 정말 이루 말할 수 없는

기쁨과 고통이 동시에 찾아오는구나!

저 시선에서 도저히 눈을 뗄 수가 없어.

얼마나 묘한 모습인가.

아름다운 목에 고작 붉은 끈 장식 하나라니.

저 장식이 칼등보다 넓지 않나!

메피스토펠레스 정말 그렇군요!

내가 보기에도 그래요.

저기 목을 겨드랑이에 끼고 다녀도 되겠어요.

페르세우스가 저 여자의 목을 잘랐거든요.

이런 환상에 빠져들다니, 나 원!

이제 저쪽 낮은 언덕으로 가봅시다.

그곳은 프라터 공원만큼이나 재미난 곳이랍니다.

그리고 누가 나를 속이는 게 아니라면

저기 극장도 보이는군요.

무슨 공연을 하는 걸까요?

안내원 이제 연극이 곧 시작됩니다.

새로운 작품인데, 일곱 편 중 최신작이죠.

아마추어 시인들이 쓰고, 배우들도 아마추어들이죠.

신사분들, 죄송하지만 제가 이만 가봐야겠어요.

어서 가서 막을 올려야 하거든요.

메피스토펠레스 당신 같은 사람을

브로켄 산에서 만나다니 참 좋구나.

브로켄 산이야말로 이들에게 안성맞춤이지.

발푸르기스 밤의 꿈
또는 오베론과 티타니아의 금혼식

(막간극)

무대감독 우리도 오늘은 한 번 편히 쉬어보자고.

미딩의 용감한 아들들아.

오래된 언덕과 촉촉한 골짜기,

오늘의 무대는 이것이 전부라네!

해설자 금혼식이란 말이오.

결혼 후 오십 년의 세월이 지나야 한다오.

하지만 부부싸움이 끝나는 것이

진정 내게는 황금기이지요.

오베론 정령들아, 내가 있는 이곳에 있다면

어서 모습을 드러내거라.

왕과 왕비가 다시 새롭게 인연을 맺었노라.

퍽 (퍽이 나타나 한 바퀴 돌며)

발이 미끄러지듯 춤을 추지요.

수백의 정령들이 그 뒤를 밟으며

함께 즐겁게 춤을 추지요.

아리엘 천상의 순수한 목소리로

이 아리엘 노래 부르며 감동을 주지요.

그 노랫소리에 못생긴 여자들도,

아름다운 여자들도 유혹된답니다.

오베론 결혼을 앞둔 신랑들이여,

우리 두 사람을 보고 배우라!

진정으로 사랑하고 싶다면 우선 헤어져야 하느니.

티타니아 남편이 심통 부리고 아내가 변덕을 부리면,

얼른 두 사람을 붙잡아 여자를 남쪽의 나한테 보내고

남자는 북쪽 끝으로 보내라.

오케스트라 합주 (아주 강하게)

파란 꼬리 파리와 모기 코,

이들 종족의 친척들에 나뭇잎 속 개구리,

풀숲의 귀뚜라미, 이들 모두가 악사들이라네!

독창 저기 좀 보아라, 백파이프가 오는구나!

저건 비눗방울.

납작한 코 사이로 울리는

달팽이의 허튼소리를 들어보라.

이제 막 형성 중인 정령 거미 다리와 두꺼비의 배,

작은 날개가 달렸네, 저 꼬마요정!

그런 짐승이야 없지만 시에는 있다네.

한 쌍의 연인　감로와 향기 속으로

총총걸음 한 발 그리고 높게 뛰어오르지.

이렇게 총총 걷는 건 따라오지만,

높이 날지는 못하네.

호기심 많은 나그네　이건 가장무도회의 장난 아닐까?

대체 내가 보고 있는 것을 전부 믿어야 한단 말인가?

가장 아름다운 신인 오베론을

여기서 이렇게 볼 수 있단 말인가?

그리스 정교신자　발톱도 없고 꼬리도 없네!

그렇지만 의심할 여지가 없어!

그리스의 신들처럼 저건 사탄이 분명해.

북방의 예술가　오늘 내가 여기서 그린 것은

그저 스케치에 지나지 않아요.

그래도 때를 봐서, 이태리 여행을 준비할 거랍니다.

도덕주의자　아! 이곳으로 오다니

이런 불행이 따로 없군.

여긴 온통 방탕한 놈들뿐이네!

마녀들이 저렇게 많은데도

제대로 분칠을 한 건 단둘뿐이군.

젊은 마녀 분칠이나 옷으로 치장하는 건

쪼글쪼글한 할망구나 하는 거랍니다.

그래서 난 이렇게 벌거벗은 채

염소를 타고 이 멋진 육체를 자랑해요.

귀부인 내 너희들과 여기서 입씨름하고 싶지 않아.

세상에는 수많은 인생이 존재하지!

그러나 너희들이 아무리 젊고 예뻐도

곧 썩어 문드러질 게다.

악단 지휘자 파란 꼬리 파리와 모기 코야,

벌거벗은 저 여자에게 눈길을 주지 마라!

나뭇잎 속 개구리와 풀숲의 귀뚜라미야,

박자 좀 맞추란 말이다!

풍향계 (한쪽을 바라보며)

정말 누구나 꿈꿀 만한 모임이야.

참으로 참한 신붓감이 아닌가!

총각들도 한 사람 한 사람 모두

장래가 촉망되는 사람들뿐이군!

풍향계 (다른 쪽을 바라보며)

이 땅이 아가리를 쩍 벌려

저것들을 모조리 삼켜버리지 않는다면

내 재빨리 달려가 지옥으로 뛰어들 테야.

크세니엔   이곳에 우리는 곤충의 모습으로

작고 날카로운 발톱을 세우고 왔답니다.

우리의 주인이신 사탄님께 공손히 경배드리나이다.

헤닝스 저기 좀 보라고.

무리 지어 미친 듯이 뛰노는 저 모습을!

결국에는 말하겠지. 자기들이 착하다고 말이야.

뮤즈의 지도자   나도 이 마녀들의 무리에 섞여

정신을 잃어버릴 정도로 놀고 싶구나.

시의 여신 뮤즈들보다

이들을 어떻게 이끌기가 더 쉽겠어.

과거의 시대정신   올바른 사람을

제대로 만나야 뭔가 된다고.

자, 이리 와서 내 옷자락을 잡으라고!

브로켄 산도 독일의 파르나스처럼

산꼭대기가 매우 넓다네.

호기심 많은 나그네   말해봐요.

저기 뻣뻣한 남자는 이름이 뭐죠?

아주 거만하게 걷네요.

냄새를 맡을 수 있는 건 모조리 킁킁대는군요.

"예수회 교도를 찾아다니나 봐요."

두루미 맑은 물에서도 흙탕물에서도 물고기를 잡지요.

그러다 보니 신앙이 깊은 사람이

악마와 어울리는 모습도 본답니다.

현세주의자 신앙이 깊은 사람 역시, 제 생각에는 말이죠,

모든 것이 기회이지요.

그들은 여기 브로켄 산에서도 이런 모임을 열잖아요.

무용수 저기 새 합창단이 오나요?

멀리서 북소리가 들리네요.

"가만히 좀 있어봐!

저 소리는 갈대밭에서 우는 해오라기 소리로군."

무용 선생 저 다리를 드는 저 꼴 좀 봐!

뽑아드는 모양새 좀 보게!

꼽추는 펄쩍 뛰고, 굼뜬 자 껑충 뛰지 않나.

그 모습이 어떠냐고 묻지 말게.

바이올린 연주자 저 천한 놈들은

서로를 끔찍이도 싫어하지. 상대를 죽이고 싶어 한다네.

여기서는 백파이프가 저들을 하나로 묶어주지.

오르페우스의 칠현금 소리에 짐승들도 그랬듯이.

독단론자 제아무리 비판하고 의혹을 제시한다 해도,

그 따위에 내가 비명 지르며 헷갈릴까 보냐.

악마라면 뭔가 의미가 존재해야 한다고.

그렇지 않고 어찌 사탄이라 할 수 있겠어?

이상주의자   이번에는 이 마음속 환상이

더할 나위 없이 멋지군.

진정 저 모든 것이 내 생각이라면

오늘만큼은 내 얼마나 어리석은가.

현실주의자   저것들 때문에 매우 고통스럽구나.

저것들이 나를 무척이나 불쾌하고 화가 나게 한다.

흔들리는 다리로 이렇게 서 있는 건 난생처음이군.

초자연주의자   여기 있으니 매우 즐겁도다.

이들과 함께 있는 것도 기쁘고,

악마가 있으니 분명

선한 정령도 있다고 생각할 수도 있지 않은가.

회의론자   저들이 작은 불꽃의 뒤를 쫓고 있어.

그러고는 성배에 가까워지고 있다고 믿는다네.

하지만 악마와 의심은 좋은 짝.

나야말로 이곳에 꼭 어울리는 사람이야.

악단 지휘자   나뭇잎 속 개구리와 풀숲의 귀뚜라미야,

에이, 이 빌어먹을 아마추어들아!

파란 꼬리 파리와 모기 코야, 그래도 너희가 악사들이다!

기회주의자들   상수시라 불려요.

이들 괴상한 무리들 말이에요.

더 이상 발로 걷지 못하면 물구나무서서 가지요.

힘없는 이들 예전이야 아첨으로 먹고라도 살았지만

이제는 하느님의 결정대로 따라야 하느니!

춤만 추고 다녔더니 신발도 떨어지고 맨발로 다닌다네.

도깨비불 우리는 늪에서 오는 길이랍니다.

우리가 태어난 그곳에서 말이지요.

그런데 여기 춤추는 무리에서는

반짝반짝 빛나는 멋쟁이가 되는군요.

별똥별 저 높은 곳에서 떨어졌어요.

별처럼, 불처럼 빛을 뿜어내면서요.

이제 풀밭에 쓰러져 있답니다.

누구 나를 설 수 있게 도와주시겠어요?

덩치 큰 자들 자리에서 비켜, 비키라고!

저리 가란 말이야! 풀밭은 밟고 지나가버려.

정령들이 오고 있잖아.

정령들도 몸이 꽤 통통하구나.

퍽 그렇게 거들먹대며 나서지 좀 마.

코끼리 새끼 같아서는.

오늘 가장 덩치가 큰 사람은

바로 이 튼튼한 퍽 님이시라고.

아리엘 사랑스러운 자연이,

사랑스런 정신이 당신에게 날개를 선사했다면

나의 경쾌한 발자국을 따라 장미 동산으로 오세요!

오케스트라 (아주 약하게)

구름도 안개의 베일도 저 위,

산꼭대기에서부터 걷히며 밝아지네.

나뭇잎에 산뜻한 공기가,

갈대에 바람이 불어 모든 것이 흩날려 사라졌다네.

음침한 날. 들판

(파우스트, 메피스토펠레스)

파우스트 고통스럽구나! 절망밖에 없어!

비참하게 이 세상을 헤매고 다니다 끝내 잡혀버렸어!

죄를 지은 몸으로 감옥에 갇혀

끔찍한 고통을 겪고 있었다니.

아, 불행에 빠진 내 사랑!

어쩌다 그렇게까지 됐지! 어쩌다가!

이런 배신 자 같은 놈, 이런 비열한 악마 같으니라고,

나한테 그 사실을 숨기다니!

거기 서라 거기 서!

그래놓고 악마 같은 눈만 굴리고 히죽거리기만 하다니!

거기 그렇게 있는 네 존재만으로도 역겹다!

그 딱한 그녀가 붙잡혔다니!

돌이킬 수 없는 고통에 빠졌어!

사악한 악령들과 감정이라고는 조금도 없는

무정한 재판관들에게 넘겨졌다고!

그동안 네놈은 천박한 짓거리로

내 주의를 돌려놓고는

날로 참담해지는 그녀의 고통을 숨겼어.

그렇게 그녀가 절망에 망가지도록 방치했어!

메피스토펠레스   그런 건 그 여자가 처음은 아니오.

파우스트   이런 개자식! 추잡한 짐승만도 못한 놈!

무한한 정령이여! 저놈을 다시 변신시켜주오.

이 벌레 같은 놈을 원래 지녔던

개의 모습으로 돌려놓아주시오.

밤마다 내 앞에 나타나 뛰어다니며,

죄 없는 나그네의 발치에서 뒹굴다

나그네가 지쳐 쓰러지면 어깨에 매달리고는 했지.

저 놈을 녀석이 선호하는 본 형상으로 되돌려주오.

저놈이 바닥에 배를 대고 기어가면

내 그냥 밟아버릴 수 있게.

이 망할 자식!

"그 여자가 처음은 아니오"라니.

아아, 고통스럽다! 고통스러워!

인간의 마음으로 도저히 이해할 수 없도다.

그런 고통의 나락으로 떨어진 여인이 하나가 아니라니.

모든 것을 다 용서해주시는 분의 눈앞에서 겪은,

온몸이 뒤틀리는 단 한 명의

유일한 여인의 고통만으로도

온몸과 인생을 송두리째 뒤흔들어 어지럽기만 한데,

네놈은 수천 명의 운명을 보고도

그저 히죽대기만 하다니!

메피스토펠레스 우리는 이제

정신력의 한계에 도달했소.

당신들 인간들은 여기서 이성을 잃어버리죠.

감당할 수도 없으면서 왜 우리와 거래를 하는 거요?

날고는 싶은데 현기증은 싫다 이건가요?

우리가 당신을 끌어들인 거요.

아니면 당신이 우리를 끌어들인 거요?

파우스트 그 탐욕스런 이빨을 내게 드러내지 말거라!

역겹구나! 내게 모습을 드러내던

오, 위대하고 숭고한 정령이여,

당신은 내 마음과 정신을 그리 잘 알면서

왜 나를 이런 치욕스런 놈과 동행하도록 버렸나요?

죄악으로 나를 내몰고

결국 마지막에는 파멸로 모는 이놈에게 말입니다!

메피스토펠레스 이제 할 말 다하셨소?

파우스트 그녀를 구하라! 안 그럼

내 너를 가만히 두지 않을 테야!

수천 년을 넌 내 혹독한 저주 속에 시달릴 거야!

메피스토펠레스 나는 벌을 주는 사람이

묶어놓은 사슬이나 빗장을 풀 수 없답니다.

"그녀를 구하라!"

그녀를 파멸로 몰아넣은 게 누구죠?

나요? 아니면 당신이오?

(파우스트는 거칠게 주변을 두리번거리며 훑어본다.)

벼락이라도 내리치라는 거요?

보잘것없는 유일한 목숨을 가진 당신 인간들에게

그런 무기가 없어 정말 다행이에요!

죄도 없는 사람을 닥치는 대로

박살 내는 거야말로 폭군이나 하는 짓이지요.

제 불안함이나 공포를 없애려고 말입니다.

파우스트　나를 그리 데려가라! 그녀를 구해야 해!

메피스토펠레스　지금 선생이 자초하는 위험이

어떤 건지나 알고 있는 거요?

마을에는 당신의 손으로 저지른 그 살인 죄가

그대로 남아 있다는 사실을 알고 있으라고요.

살해당한 사람이 있던 장소에는

복수의 유령이 떠다니며

살인자가 다시 돌아오기만을 노리고 있소.

파우스트　그런 얘기를 네놈한테서 들어야 하나?

살해당해 죽어 나자빠져야 마땅한 이 괴물 같은 녀석아!

날 그곳으로 데려가라!

그리고 내가 말한 것처럼 어서 그녀를 구해.

메피스토펠레스　그곳으로 안내는 하죠.

하지만 내가 할 수 있는 일이 뭔지 잘 들어요!

천상과 지상의 모든 힘이 내게 있는 줄 아시오?

우선 내가 간수의 정신을 몽롱하게 해놓을 테니,

선생은 간수에게서 열쇠를 빼앗아

인간의 손으로 직접 그녀를 밖으로 데리고 나와요!

내가 망을 볼게요.

그리고 마법의 말을 준비해두었다가

당신과 그녀를 잽싸게 데려가겠어요.

그건 내 능력으로 가능하다오.

파우스트　그럼 어서 가보자고!

밤, 탁 트인 벌판

(파우스트와 메피스토펠레스, 흑마를 타고 질주한다.)

파우스트　저기 처형장 주변에서 저들이 뭘 하는 거지?

메피스토펠레스　잘 모르죠. 요리를 만드는지,

　　　주물럭대며 뭘 만 드는지 알 턱이 있겠소.

파우스트　둥실 위로 올라갔다 내려앉고,

　　　몸을 숙였다 굽혔다 하는군.

메피스토펠레스　마녀들의 집회가 아닌가 하는데.

파우스트　뭔가를 뿌리면서 주문을 외는군.

메피스토펠레스　빨리 가죠! 그냥 지나갑시다!

감옥

(열쇠 꾸러미와 등불을 든 파우스트가 철문 앞에서)

파우스트   오래전에 잊어버린 두려움이

되살아나 나를 휘감는다.

인간이 겪는 온갖 고통이 나를 사로잡는구나.

이런 축축한 벽 뒤로 이곳에 그녀가 있다니,

그녀에게 죄가 있다면,

그저 악의 없이 뭔가 잘 해보려다 그런 거야.

넌 그런 그녀에게 가는 걸 망설이고 있지 않나!

그녀를 다시 보는 걸 두려워하고 있어!

가자! 이렇게 망설이기만 하다간 그녀가 죽는다고.

(자물쇠를 잡는다. 안에서 노랫소리가 들린다.)

우리 엄마는 매춘부,

나를 죽였지!

우리 아빠는 악당,

나를 먹어버렸지!

내 어린 여동생은

내 뼈를 주워 모아서

서늘한 곳에 묻었네.

나는 숲속의 아름다운 새가 되어,

날아가리. 저 멀리 날아가리.

파우스트　(문을 열며)

사랑하는 사람이 밖에서 엿듣고 있는 줄은

전혀 상상도 못하겠지.

쇠사슬이 소리를 내고 지푸라기가 바스락대는군.

(안으로 들어선다.)

마르가레테　(침상으로 몸을 숨기며)

아아! 어쩌면 좋아! 저들이 오고 있어.

이젠 이 고독한 죽음을 피할 길이 없구나!

파우스트　(조용히)

조용히 하오! 조용히 해! 내 당신을 구하러 왔소.

마르가레테　(파우스트 앞으로 몸을 내던지며)

당신도 사람이라면, 내 처치를 생각해줘요.

파우스트　그렇게 소리 지르다가는

간수들이 잠에서 다 깨겠소!

(그가 쇠사슬을 잡고서 풀려 한다.)

마르가레테　(무릎을 꿇으며)

당신 같은 사형집행인에게

누가 날 마음대로 할 권한을 줬나요?

이렇게 한밤중에 날 끌어내다니요.

자비를 베풀어 날 조금만 더 살게 해줘요!

내일 새벽이라도 늦지 않잖아요?

(일어선다.)

난 아직 젊다고요. 이렇게 젊은데!

그런데 벌써 죽어야 한다니!

나도 한때는 예쁘기까지 했어요.

비록 그게 나를 파멸로 몰았지만요.

곁에 사랑하는 이가 있었지만 이제 그는 멀리 떠났어요.

화환은 뜯겨버리고 꽃들마저 망가져버렸죠.

내 손을 그렇게 꽉 움켜쥐지 마세요!

살살 좀 해요!

당신에게 내가 뭘 잘못했다고 이러시죠?

부디 내 청을 들어줘요.

우리 전에 서로 만난 적이 없잖아요!

파우스트　내 이런 고통을 어찌 견딘단 말인가!

마르가레테　내 목숨은 이제 당신 손에 달렸죠.

하지만 그저 아이에게 젖을 먹이게 해줘요.

오늘 밤 내내 이 아이를 안고 있었어요.

사람들은 날 괴롭히려고 아이를 빼앗아 가놓고는

이제 와서 내가 아이를 거의 죽였다고 말해요.

이제 앞으로도 영원히 난 다시 행복하지 못하겠죠.

저들은 나를 조롱하는 노래를 불러요!

정말 고약한 사람들이죠!

이런 식으로 끝나는 오랜 옛이야기가 있는데,

누가 설마 그걸 자기 얘기라 생각하겠어요?

파우스트　(털썩 주저앉으며)

사랑하는 사람이 당신의 발치에 이리 엎드려 있소.

당신이 겪는 고통의 족쇄를 풀어주려 말이오.

마르가레테　(그 옆에 무릎을 꿇는다.)

아, 우리 함께 무릎을 꿇고, 성자들에게 간청해요!

보세요! 이 계단 아래, 이 문지방 아래,

지옥이 부글부글 끓고 있어요!

악마가 끔찍한 분노를 터트리며 울부짖고 있어요!

파우스트　(큰 소리로)

그레트헨! 그레트헨!

마르가레테　(귀 기울이며)

이 다정한 목소리는 바로 그분의 목소리야!

(자리에서 벌떡 일어난다. 쇠사슬이 쏟아진다.)

어디에 있는 거야?

분명 그 사람이 날 부르는 소리를 들었어.

난 자유야! 어느 누구도 날 막을 수 없어.

그분의 목을 부둥켜안고 그분의 품에 매달릴 테야!

그이가 그레트헨이라 불렀어!

그이가 문지방에 서 있었어.

지옥에서 울부짖고 덜거덕대는 소리,

격노한 악마의 조롱 소리로 시끄러웠지만

분명 그 사이로 난 그분의 달콤한 음성이 들렸어.

파우스트 나요!

마르가레테 당신이군요!

오, 어서 다시 한 번 불러 봐요!

(파우스트를 안으며)

그 사람이야! 그이라고!

모든 고통이 다 어디로 사라졌지?

감옥의 두려움, 쇠사슬의 공포는 어디로 사라진 건가?

당신이군요! 날 구하러 왔어요.

난 이제 살았어! 당신을 처음 본 그 거리가 떠올라요.

그리고 나와 마르테 아줌마가

당신을 기다리던 그 뜨거웠던 정원도요.

파우스트 (서둘러 그 장소를 벗어나려 하며)

어서 날 따라와요! 어서!

마르가레테 아, 잠시 기다려요.

당신 곁이라면 어디든 좋으니까요.

(파우스트를 사랑스레 어루만진다.)

파우스트   서두르라니까!

서두르지 않으면 아주 값비싼 대가를 치러야 한다오.

마르가레테   왜 그래요?

더 이상 키스해주지 않나요?

사랑하는 내 님이여,

이리 잠시 떨어져 있었을 뿐인데

그새 키스하는 법도 잊었단 말인가요?

분명 당신의 품에 안겨 있는데, 왜 이렇게 불안하죠?

전엔 당신의 말이면, 당신의 눈빛이면

온 하늘이 나를 품은 것만 같았는데 말이에요.

그리고 당신은 숨 막힐 듯 내게 키스를 했잖아요.

그러니 키스해줘요!

그렇지 않으면 내가 당신에게 키스하겠어요!

(파우스트를 껴안는다.)

오, 이런! 당신의 입술이 차가워요.

그리고 아무 말도 하지 않는군요.

당신의 사랑은 어디로 간 거죠?

도대체 누구 짓이에요?

(파우스트에게서 몸을 돌린다.)

파우스트   빨리 와요! 나를 쫓아와요!

내 사랑, 용기를 내요!

내 수천 배는 더 뜨겁게 사랑해주겠소.

지금은 그저 나를 따라오란 말이오!

제발 이 말만큼은 들어주오!

마르가레테　(파우스트에게 몸을 돌리며)

정말 당신이 맞나요? 분명 당신이에요?

파우스트　그래 나요! 그러니 어서 갑시다!

마르가레테　당신이 이 쇠사슬을 풀고

나를 다시 품에 안고 있군요.

어찌 당신은 나를 부끄럽게 여기지 않죠?

내 님이여, 당신이 누구를 구하려는지 알고 있어요?

파우스트　가자고! 이제 그만 갑시다!

벌써 깊은 밤이 서서히 물러나고 날이 새고 있소.

마르가레테　난 어머니를 죽음으로 몰았고,

내 아기를 물에 빠뜨려 죽였어요.

그 아기는 당신과 내게 내려진 선물이 아니었던가요?

당신에게도 선물이었죠.

당신이군요! 정말 믿기지가 않아요.

손을 내어봐요! 정말 꿈이 아니군요!

내가 사랑하는 당신 손이에요!

이런, 하지만 손이 축축해요!

어서 닦아요! 내 생각에 피가 묻은 것 같아요.

이런 하느님!

당신 도대체 무슨 짓을 한 거죠!

빨리 칼을 집어넣어요! 제발 부탁이에요!

파우스트   과거는 이미 지나가버린 과거로 잊으시오.

그런 말을 들으니 죽고만 싶소.

마르가레테   아니에요, 당신은 살아 있어야 해요!

내가 묏자리들을 설명해드리고 싶어요.

내일 당장 마련해주셔야 해요.

우리 어머니는 가장 좋은 자리로 하고,

오빠는 그 옆자리에 뉘어줘요.

그리고 내 자리는 조금 떨어진 옆자리에 해줘요.

하지만 너무 멀리 떨어지면 안 돼요!

그리고 아기는 내 오른 가슴에 안겨줘요.

어느 누구도 내 곁에 묻히면 안 돼요!

당신 품에 안겨 있던 그 순간은

정말 달콤하고 사랑스러운 행복이었어요!

하지만 더 이상 누릴 수는 없겠죠. 내겐 말이죠.

내가 당신에게 안간힘을 쓰며 매달려야 하고,

당신이 나를 밀어내는 것만 같았어요.

그렇지만 난 당신뿐이에요.

당신의 눈빛은 착하고 선했죠.

파우스트　이제 틀림없는 나란 걸 알았으니,

　　　어서 갑시다!

마르가레테　저 밖으로요?

파우스트　저 밖으로.

마르가레테　저 밖에서는 무덤이 있고

　　　죽음이 날 기다린다면, 가겠어요!

　　　이곳을 벗어나 영원한 안식처로.

　　　그리고 그곳에서 한 발짝도 떼지 않을 거예요.

　　　이제 당신은 떠나야 하나요?

　　　아아 하인리히, 나도 당신을 따라갈 수만 있다면!

파우스트　당신도 함께 갈 수 있소!

　　　그저 바라기만 하면! 문이 열려 있소!

마르가레테　하지만 난 나갈 수 없어요.

　　　내게는 아무런 희망도 없어요.

　　　도망친다고 뭐가 달라지겠어요?

　　　모두가 나를 노리는 이 판국에.

　　　구걸하며 살기는 너무 비참해요.

　　　게다가 양심의 가책을 받으며

　　　그런 생활을 하는 건 더욱더요!

　　　낯선 곳을 헤매는 것도 싫어요.

　　　그리고 결국 저들은 나를 잡고 말겠죠!

파우스트   나도 곁에 남아 당신을 지키겠소.

마르가레테   어서 가요! 어서!

당신의 가여운 아기를 구해줘요! 어서요!

냇가를 따라 난 길을 곧장 지나서

외나무다리를 건너 숲에 이르면

왼쪽 나무울타리가 쳐진 그곳에 연못 속에 있답니다.

제발 아기를 구해줘요! 아기가 나오고 싶어 해요.

저렇게 허우적거리며 괴로워하잖아요!

구해줘요! 어서 구해달란 말이에요!

파우스트   정신 좀 차려요!

한 발자국만 떼면, 당신은 자유라오!

마르가레테   저 산을 넘어갈 수만 있다면!

그곳 돌 위에 우리 어머니가 앉아 계시는데,

머리를 흔들고 있어요.

손짓도 하지 않고 고갯짓도 하지 않으세요.

머리가 너무 무거우신가 봐요.

어머니는 잠이 들었어요.

다시는 깨어나지 않을 것처럼.

우리가 즐거움을 맛보도록 깊은 잠에 드셨지요.

그땐 정말 행복했는데!

파우스트   아무리 애원을 하고

어떤 말을 해도 먹히지 않으니

이제 당신을 안고 나가겠소.

마르가레테 날 내버려둬요! 안 돼요.

억지로 그러지 마요!

난폭하게 나를 붙잡지 마세요!

지금껏 당신께 내 모든 것을 바쳤잖아요.

파우스트 날이 밝고 있어! 내 사랑! 내 사랑!

마르가레테 날이! 그래요. 날이 밝아오고 있어요!

최후의 날이 다가오고 있어요.

오늘을 내 결혼식 날로 하겠어요!

당신이 그레트헨을 찾아왔다고

아무에게도 말하지 마요.

내 꽃다발이, 이런 다 망가졌어요!

물은 이미 엎질러졌죠!

우리는 다시 만나게 될 거예요.

하지만 춤추는 곳은 아니겠죠.

사람들이 몰려오고 있어요.

아직 소리는 안 들리지만.

광장에도 골목길에도,

상상할 수 없을 정도로 넘쳐나요.

종소리가 울려 퍼지고 막대기가 부러져요.

나를 데려가 꽁꽁 묶고 움켜잡아요!

벌써 교수대까지 끌려왔어요.

모두가 이미 느끼고 있어요.

내 목을 내려칠 칼날의 날카로움을요.

온 세상이 무덤처럼 적막해요!

파우스트 내가 차라리 이 세상에

태어나지 말았어야 했어!

메피스토펠레스 (문밖에 모습을 드러낸다.)

어서 나와요! 그렇지 않으면 모두 끝장나요.

지금 우물쭈물 주저하는 건 아무짝에도 쓸모없어요!

말만 주저리 늘어놓으며 망설이고만 있다니!

내 말들은 이미 부르르 떨고 있다고요.

동이 트고 있어요.

마르가레테 저기 땅에서 솟아오른 건 뭐죠?

그놈이에요. 그놈. 빨리 그자를 쫓아버려요!

이 신성한 곳에서 저자가 뭘 하는 거람?

저자가 날 잡아가려나 봐요!

파우스트 당신은 살아야 하오!

마르가레테 하느님! 하느님께서 절 심판해주소서!

절 당신의 손에 온전히 맡깁니다!

메피스토펠레스 (파우스트에게)

어서 와요! 오라고요!

그렇지 않으면 선생과 그레트헨을

모두 버리고 가겠어요.

마르가레테   전 당신의 것입니다.

하느님 아버지! 부디 절 구원해주소서!

그대 천사들이여! 성스러운 무리여,

부디 내 주위를 둘러싸고 나를 보호해주소서!

하인리히! 당신이 무서워요.

메피스토펠레스   저 여자는 심판받는군요!

목소리 (위에서)

구원받았도다!

메피스토펠레스 (파우스트에게)

이쪽으로 날 따라와요!

(파우스트와 함께 사라진다.)

목소리 (안쪽에서 들려오며, 점차 희미해지면서)

하인리히! 하인리히!

옮긴이 한윤진

연세대학교 독문학과를 졸업하고, 독일 뷔르츠부르크 대학에서 수학했다. 현재 출판번역 에이전시 베네트랜스에서 전문 번역가로 활동 중이다.

파우스트 1

초판 1쇄 발행 | 2021년 1월 27일

지은이 | 요한 볼프강 폰 괴테
옮긴이 | 한윤진

펴낸이 | 이삼영
펴낸곳 | 별글
블로그 | http://blog.naver.com/starrybook
등록 | 제 2014-000001호
주소 | 경기도 고양시 덕양구 고양대로 1393, 2층 3C호(성사동)
전화 | 070-7655-5949   팩스 | 070-7614-3657

ISBN 979-11-89998-37-0
      979-11-89998-14-1 (세트)

• 별글은 독자 여러분의 책에 대한 아이디어와 원고 투고를 기다리고 있습니다. 책 출간을 원하시는 분은
  이메일 starrybook@naver.com으로 간단한 개요와 취지, 연락처 등을 보내주세요.